KB125929

우리 집은 날마다 조금씩

행복해진다

우리 집은 날마다 조금씩 행복해진다

쇼그렌 증후군 엄마의 따뜻한 가족 일상

초 판 1쇄 2024년 08월 22일

지은이 이경자
펴낸이 류종렬

펴낸곳 미다스북스
본부장 임종익
편집장 이다경, 김가영
디자인 임인영, 윤가희
책임진행 안채원, 이예나, 김요섭

등록 2001년 3월 21일 제2001-000040호
주소 서울시 마포구 양화로 133 서교타워 711호
전화 02) 322-7802~3
팩스 02) 6007-1845
블로그 http://blog.naver.com/midasbooks
전자주소 midasbooks@hanmail.net
페이스북 https://www.facebook.com/midasbooks425
인스타그램 https://www.instagram.com/midasbooks

© 이경자, 미다스북스 2024, *Printed in Korea*.

ISBN 979-11-6910-775-4 03810

값 19,000원

미다스북스는 다음세대에게 필요한 지혜와 교양을 생각합니다.

우리 집은
날마다 조금씩 행복해진다

소그렌 증후군 엄마의 따뜻한 가족 일상

이경자 지음

미다스북스

목
차

5장

함께할 때
행복은 배가 된다

어느 날 우연히 밤하늘을 올려다보게 되었습니다. 무수히 많은 별들과 휘영청 밝은 달을 보면서 어린 시절 뛰놀던 고향을 그리워했습니다. 추억이 방울방울 맺혀있는 그 시절이 유난히 생각나는 것은 다시 그 시절로 돌아갈 수 없기 때문입니다. 주어진 삶을 살다 보니, 어느덧 예순 살이 되었습니다. 마음은 어린 시절 그 마음과 똑같은데 말이죠. 시간은 이렇게 덧없이 빨리 흘러갑니다.

저는 28년간 면역 질환을 겪었습니다. 그 누구보다 힘든 시간을 보내야 했습니다. 무너지는 순간마다 저를 다시 일으켜 세워 준 것은 가족들의 사랑이었습니다. 그들이 내게 준 사랑과 응원으로 '이만하면 다행이다.'라는 마음으로 살아가고 있습니다.

살아가는 동안 아픔이 없는 사람은 없을 것입니다. 희로애락을 모두 느끼며 살아가는 것이 삶이지만 몸이 아프면 더욱 희망을 잃어버리기 쉽습니다. 강인한 정신력을 지니고 있더라도 신체적 고통을 겪을 때, 절망에 빠지게 되기 쉬우며, 거기서 다시 일어서는 것은 쉽지 않습니다. 삶이 힘들고 어려울 때 필요한 것은 가족의 사랑입니다. 아무리 힘든 일이 있어도 가족이 함께한다는 사실을 잊지 말고 하루하루 잘 버티고 감사한 마음으로 살아가길 바라는 마음입니다.

이 책을 쓰는 동안, 저는 또 한 번 가족에 대한 소중함을 느끼게 한 사건을 겪었습니다. 20년간 같은 사무실에서 근무하던 첫째 남동생이 폐암 4기와 뇌종양으로 고생하다가 1월에 영원히 볼 수 없는 긴 여정을 떠났습니다. 누구나 그 길을 가야 하지만 52세라는 젊은 나이에 떠났기에 더욱 안타깝고, 마음이 아팠습니다. 부모님이 돌아가셨을 때보다 더욱 슬펐습니다. 그리고 그 일을 치르며 가족은 옆에 있을 때 더욱 소중히 여겨야 한다는 것을 깨달았습니다.

독자분들이 이 책을 통해 가족의 의미를 되새기며 좀 더 긍정적인 태도로 살아갈 수 있는 힘을 얻을 수 있으면 좋겠습니다. 특히 많은 분이 이 책을 통해 가족의 소중함을 깨닫고 앞으로 나아가는 원동력을 얻을 수 있다면 더 바랄 나위가 없겠습니다.

부모님은 결코 자식을 기다려 주지 않습니다. 부모님이 살아 계실 때 한 번 더 찾아뵙고, 전화 드리는 일도 소홀히 하지 않았으면 좋겠습니다. 이 책을 읽는 모든 독자님 가정에 행복이 가득하길 빌어봅니다.

살아 있는 매일이 소중하고 빛나는 날이 되시길 진심으로 바랍니다.

2024년 7월 18일
이경자

～～～～～ 우리 집은 날마다 조금씩 행복해진다

1
장

불 치 병 도
괜 찮 아

가 족 과 함 께 라 면

1

나는 서른 살에 지금의 남편을 만나 결혼했다. 결혼 초 우리 부부는 용인에서 신혼살림을 차렸다. 용인 시내에서도 한참 떨어진 시골이었다. 작은 방 한 칸이었지만 넓은 마당이 있었다. 창문을 열면 사계절 아름다운 들판이 펼쳐졌다. 창문 너머로 짹짹 새소리도 들렸다. 빨래를 널어놓으면 뽀송뽀송하게 마를 정도로 빛도 잘 들어왔다. 밤이 되면 제대로 된 가로등도 없어 칠흑같이 어두운 곳이었다. 인적이 없어 한적했지만 그 덕에 고즈넉한 분위기도 느낄 수 있었다.

우리 부부는 그곳에 전세를 들었다. 다행히 주인집 할머니께서 성격이 좋으셨다. 다정하게 잘해 주셨다. 주인집 말고는 사람들과의 왕래가 잦지 않았다. 버스정류장도 멀고 버스도 자주 오지 않아 더 그랬다. 교통이 불편하여 시장을 가거나 병원 가는 일이 다소 힘들었지만, 그 외에는 다 만족스

러웠다.

작은 시골 마을이라 마을회관이 유일한 나들이 장소였다. 남편과 나는 가끔 마을회관 옥상에 올라가 밤하늘의 별을 보면서 앞으로의 삶을 이야기 하곤 했다. 그곳에 앉아 아이스크림도 먹고 청아한 풀벌레 소리도 들었다.

사이가 좋았던 우리는 결혼하자마자 허니문 베이비로 딸아이를 낳았다. 건강하고 예쁜 아이였다. 큰아이는 하루가 다르게 쑥쑥 컸다. 그쯤 둘째가 생겼다. 입덧도 심했고 몸이 힘들었지만 시기마다 산전 진료를 다니면서 나름대로 잘 관리했다. 그렇게 열 달이라는 시간이 빠르게 흘러 산달이 되었다. 그동안 진료는 용인에서 받았고 둘째를 출산하러 제천에 있는 산부인과를 갔다. 초음파를 보시던 선생님은 깜짝 놀란 표정으로 말씀하셨다.

"어쩜 이런 일이 있나요? 아기 심장이 멎었네요."
"무슨 말씀을 하시는 거예요? 10개월을 잘 견디고 오늘이 출산 날인데."
내 귀를 의심하면서 자초지종 설명을 들었다. 순간 내 심장도 멈추는 줄 알았다.
"딱 꼬집어 말은 못 하지만 이런 경우가 아주 드물게 있습니다. 그렇다고 원인이 뭔지 알아내기도 힘듭니다."
나는 아무 말도 못 하고 멍하니 있을 수밖에 없었다. 착잡한 표정의 의사가 말을 이었다.

우리 집은 날마다 조금씩 행복해진다

"수술해야 할지, 유도 분만을 할지 결정해야 해요."

"아이까지 잃고 몸까지 힘들면 너무 속상할 것 같아요. 웬만하면 촉진제 맞고 순산해 볼래요."

그 길로 나는 입원했고, 아픔은 시작되었다. 무엇이 문제였을까? 입덧이 심한 것이 문제였나? 큰아이를 보느라 잘 돌봐 주지 못한 것이 문제였나? 그렇게 힘겨운 나날을 견디면서 버텼는데…. 둘째를 품어 왔던 10개월을 생각하니 서러워서 하염없이 눈물만 났다.

현실은 받아들일 수 없었지만 어쩔 수 없었다. 원주 기독교 병원에 입원했다. 하루 먼저 입원해 있는 동안 그 하루가 너무나 긴 시간으로 느껴졌다. 그 이튿날 촉진제 맞고 몇 시간 진통을 겪다가 순산했다. 임신 요가를 해서인지 생각보다 어렵지 않았다. 아마도 호흡 조절이 잘 된 것 같다. 2.5kg 남자아이였다. 물론 난 그 아이의 얼굴도 보지 못했다.

병원에서 이틀간 몸을 추슬러 퇴원 후 시댁으로 갔다. 아이 잃은 슬픔에 마음이 힘들었는데 가족들의 따뜻한 말이 힘이 되었다. "마음은 아프지만 아이는 또 가지면 되지. 산모만 건강해도 다행인걸." 그럼에도 마음 한편에는 괜히 죄지은 사람처럼 주눅이 들었다.

시댁 어른들의 위로에도 아이를 잃은 죄책감은 쉽게 사라지지 않았다. 별생각이 다 들었다.

남편은 해외 출장을 많이 가는 일을 했다. 전기 일을 하는 남편은 특히 공장 자동화 시스템을 구축하는 일을 맡았다. 때로는 보름이나 한 달씩을 해외에 나가 있었다. 아이도 어리고 하니 대충 끼니를 챙겨 먹는 일이 많았다. 그로 인해 건강이 안 좋아져서 태아에게 안 좋은 영향을 끼친 것 같아 마음이 편치 않았다. 둘째 아이를 허망하게 잃은 아픔은 오랫동안 지속됐다. 그래도 큰딸이 있어 정신을 차려야 했다. 가슴이 아린 날도 많았지만 큰아이를 돌보다 보니 그럭저럭 시간이 흘렀다.

딸이 돌이 지나고 아장아장 걸을 때쯤이었다. 남편이 직장을 그만두고 제천으로 내려가 사업을 하겠다고 말했다. 가족을 위해 그게 좋겠다는 말도 덧붙였다. 딸아이는 출장이 많은 아빠를 낯설어했다. 긴 출장에서 돌아온 아빠를 보면 슬금슬금 뒷걸음질 쳤다. 아빠 얼굴을 제대로 알아보기도 전에 출장을 자주 다니니 마음이 아팠던 걸지도 모른다. 남편은 아이의 그 모습을 보며 출장을 덜 다니는 일을 하면서 살아야겠다고 했다. 아내의 건강도 신경이 쓰였던 것 같다. 나는 남편의 의견에 따랐고 우리는 용인에서 제천으로 이사를 왔다.

제천은 우리 부부 제2의 고향이었다. 시댁 부모님과 형님, 친정 언니들도 가까이 살았다. 알뜰히 챙겨주는 가족이 있어 외롭지 않았다. 공기도 용인보다는 훨씬 좋고 주변에 산과 계곡이 가까웠다. 주말에 여가를 즐길 수

우리 집은 날마다 조금씩 행복해진다

있는 곳이 많아서 마음에 여유도 생겼다. 딱 하나 아쉬운 것이 있었는데 제천은 문화의 혜택을 받을 기회가 별로 없다는 것이었다. 용인 살 때는 서울이 가까워서 틈나는 대로 인사동이나 혜화동에 있는 미술관도 다닐 수 있었는데…. 어쩌겠나? 가족을 위한 선택이라고 생각하며, 나름대로 좋은 점을 찾아가면서 새로운 곳에 적응하며 살 수밖에….

새로운 환경에 적응하다 보니 둘째를 잃었던 아픈 상처도 점점 희미해져 갔다. 딸과 아빠의 관계도 낯설었던 게 익숙함으로 바뀌어갔고, 조금씩 부녀 관계가 안정되어 감을 느낄 수 있었다. 가족이 함께하니 더 잘 챙겨 먹었고, 주말이면 가까운 곳에 나들이라도 할 수 있는 여유도 생겼다. 추억도 하나둘 늘어가고 내 건강도 조금씩은 회복되고 있었다.

"가족은 죽을 먹든 밥을 먹든 한집에 살아야 한다."

옛 어른들 말씀이 떠오른다. 나는 둘째를 잃었지만 삶의 터전을 바꾸면서 가족의 소중함을 조금씩 느끼게 되었다.

아이를 잃은 어미의 심정을 그 누가 헤아릴 수 있을까. 일상에 집중하면서도 세상의 빛도 못 보고 하늘나라로 간 둘째를 생각하면 가슴이 아팠다. 이미 지나간 일을 되돌릴 수는 없지만 무엇이 잘못된 건지 자꾸 돌이켜 보게 된다. 순간 내 건강에 이상이 있을 수도 있겠다는 생각이 들었다.

그런 생각이 미치자 바로 병원으로 달려가 기본 건강 검진을 받았다. 의사의 지시에 따라 영상의학과에서 엑스레이도 찍었다. 담당 의사는 나에게 큰 병원으로 가야 한다고 했다. 그 말에 또 겁이 덜컥 났다. 부랴부랴 연세대 원주 기독교 병원으로 직행했다. 혈액검사 결과를 보니, 신장도 안 좋고 백혈구 수치도 낮고 헤모글로빈 수치도 떨어져 있었다. 신장은 수치상으로는 50%밖에 역할을 못 한다고 했다. 눈도 뻑뻑하고 치아도 뿌리와 잇몸 경계선에서 자꾸 상하고 있었고 피로감도 위험 수위라고 했다. 충격적인 결과였다.

　그때부터 나의 병원 생활이 시작됐다. 본격적으로 추적 검사를 하기 위해 24시간 동안 소변을 받아서 병원에 가져가는 것으로 검사가 진행됐다. 그 이후에는 요로 검사, 신장 조직검사 등 3개월을 꼬박 다녔다. 내과, 외과, 비뇨기과, 신장내과, 안과, 류마티스 내과 등, 병원에서 할 수 있는 검사는 다 했다. 3개월이 지났을 때, 류마티스 내과에서 '쇼그렌 증후군'이라는 진단이 나왔다. 단어가 생소하였기에 치료가 힘든 병임을 나름 감지할 수 있었다. 마음이 무너져 내리는 것 같았다. 그래도 의사 선생님이 하신 말씀을 듣고 조금은 안도감이 들었다.

　"일상이 불편할 수 있지만 죽을병은 아닙니다. 잘 관리하면 좋아지기도 한답니다."

　의사 선생님께 이런 진단을 받은 후로 올해가 벌써 투병한 지 28년 차다. 아직도 매달 약을 타고 6개월마다 정기 검진을 한다. 오랜 세월 나를 지켜보신 선생님께서는 항상 "건강관리를 참 잘하고 있네요.", "포기하지 않고 꾸준히 노력하는 모습이 좋아요."라고 칭찬을 하시곤 한다. 틈나는 대로 뛰

1　온몸의 외분비 기능을 담당하는 샘 조직이 장애를 받는 병. 주로 눈물샘, 침샘이 침해당하는 것으로, 단독으로 발병하기보다는 아교질병 따위에 합병하여 나타나는 일이 많다.

고 걷고 이젠 몸이 시키는 대로 생활하려고 노력한다.

마음이 시키는 대로 일을 하면 항상 몸이 아프다. 나이 들고 보니 몸이 말하는 소리에 귀 기울이는 것이 얼마나 중요한지를 느낀다. 젊었을 때는 뭐든 다 할 수 있을 것 같아서 일에 욕심을 내곤 했는데 이제는 건강이 1순위라는 걸 안다.

또한, 돈도 적금을 넣어야 하지만 운동으로도 적금을 들어야 노후에 건강 연금도 받을 수 있다는 것을 깨달았다.

건강 검진을 하지 않았을 때는 어디 조금 아파도 별로 신경을 쓰지 않았다. 막상 검진하고 보니 심각한 곳이 한두 군데가 아니었다. 아이도 어리고 바빠서 힘들다는 핑계로 운동이라곤 전혀 하지 않았던 나 자신이 원망스럽다. 과거를 후회해도 소용이 없지만.

28년 전 건강 검진을 받은 후부터는 최선을 다해서 운동도 하고 검진도 잘 받아 보면서 살아가야겠다고 생각했다.

건강을 크게 한 번 잃어 본 나는 건강 루틴을 지키며 살고 있다. 아침마다 새벽에 일어나서 미지근한 물 한 잔을 마시고 가볍게 스트레칭을 한다. 틈만 나면 무조건 걷는다. 출퇴근 외에는 차를 이용하지 않는다. 주변에 급한 일이 아니면 어디든 걸어 다니면서 볼일을 본다. 걷는 동안 예쁜 자연을 보면서 사진도 찍고 하늘도 올려 보면서 여유로운 마음을 가지려 애쓴

우리 집은 날마다 조금씩 행복해진다

다. 주말엔 아침 일찍 두 시간 긴 산책을 하면서 한 주간의 일 정리도 하고 피로도 잊어버린다. 한 달에 두 번 정도는 마라톤 대회도 나간다. 5km나 10km를 뛰면서 힐링도 하고 체력도 키운다. 아파보고 나니 건강이 얼마나 소중한지 새삼 느꼈다.

서른 초반에 진단받은 쇼그렌 증후군이란 병이 이젠 삼십 년이 다 되어 간다. 처음에 진단받을 땐 큰일이라도 난 것처럼 마음이 크게 무너졌다. 어쩌면 신장도 이식을 받아야 할지 모른다는 의사의 말에 더 마음이 힘들었다. 지금은 내게 찾아온 병도 어르고 달래면서 함께 공존하며 살아갈 수 있는 존재임을 안다. 때론 크게 아프지 않고 이만큼인 걸 다행이라고 생각하기도 한다. 자주 건강 검진을 받고 날마다 감사하는 마음으로 오늘도 열심히 걷고 또 걷는다.

3

내가 쇼그렌 증후군을 앓고 있다고 말하면 다들 이런 질문을 한다. "쇼그렌 증후군? 그게 뭔가요?" 쇼그렌 증후군을 간단하게 설명하면 침샘 기능 저하로 침이 부족해져서 입 마름이 심해지는 것이다. 눈물도 부족해지기에 평소 눈을 보호해 주는 눈물이 나오질 않아 눈에는 매일 이물질이 들어간 것처럼 통증을 느낀다. 힘든 상황을 딱 꼬집어 말하기는 어렵긴 하지만, 마치 류머티즘성과 같이 근육이 아프고 여기저기 쑤시는 느낌이 들기도 한다.

그 외에도 증상은 다양하지만 다 열거할 수는 없다. 보통 40~50대 사이에서 많이 발생하고 별 이유 없이 오랜 시간 피곤이 지속되기도 한다. 특히 눈이 마르는 경우가 많다. 하루에도 수없이 고개를 뒤로 젖혀서 인공눈물과 항생 안연고 등을 몇 개나 돌려가며 넣는다. 처음에는 눈물샘이 파괴되어서 따갑고 가려우니 눈을 비볐다. 그리고 나면 각막에 상처를 입어 안대를 해야 하는 경우도 많았다. 입안에 침이 없으니 치아와 잇몸 경계 부분이 상해 치아를 발치하는 경우도 생긴다. 나도 그런 일을 겪었고, 그래서 임플란트도 여러 개나 했다. 오랜 세월 이 병으로 힘들어하면서 살아온 탓에 이젠 만성이 되어 버렸다.

오랜 시간 병과 함께 살다 보니 같은 질환이 있는 커뮤니티가 큰 힘이 된다. 내가 활동하고 있는 커뮤니티는 검증되지 못한 치료법을 시도하다가 고통받는 환우들에게 올바른 치료 방법을 교육하고 정보를 공유한다. 환우회 회장님은 서로 소통하고자 환우회를 결성하고 환자들 편에서 많은 도움을 주고 계신다. 환우들에게 필요한 약도 공동구매로 구입해서 쓸 수 있게 도움 주신다. 2개월에 한 번씩 '자리끼²'라는 회지를 만들어 환우들에게 좋은 정보를 나누어 주신다. 국내에 유명하신 의사 선생님과 교수님을 모시고 시민강좌 전국 순회도 개최해 주셨다. 이런 좋은 분들 덕에 병과 함께 살아가는 날이 슬프지만은 않다.

코로나가 있던 지난 몇 년간은 그런 기회가 없어서 아쉬웠다. 그럴 때마다 환우회 회장님이 보내주신 회지를 보면서 정보도 얻고 위로도 받았다.

피로와 쇼그렌 증후군에 관한 정보들을 보면서 피로가 쇼그렌 증후군에 큰 영향을 미친다는 걸 알았다. 그 이후로 최대한 피로하지 않으려고 많은

2 밤에 자다가 마실 물로 머리맡에 두는 물

노력을 했다. 일도 그렇고 여행도 욕심부리지 않고 내 체력에 맞게 가려고 한다. 뭐든지 체력에 맞춰 하는 게 가장 중요함을 느꼈다.

지금도 회지를 읽으며 삶의 방향을 조금씩 바꿔 보려고 애쓰며 살고 있다. 누군가가 말없이 우리에게 힘이 되어주고 있어서 힘들어도 견딜만한 세상이다.

사실 예전에는 원망도 많이 했다. 왜 하필 나에게 이런 병이 찾아왔을까? 하지만 지금은 다른 마음으로 살고 있다.

"이만해도 다행이다."

"더 이상 악화하지만 않아도 감사할 일이다."

생각을 바꿔 먹으니 조금은 가볍게 느껴진다.

어차피 완치가 힘들고 내가 안고 가야 할 질환이라면, 친구처럼 손잡고 안아주고 보듬어 주면서 동행해야 함을 인정하는 게 중요하다. 항상 감사하는 마음과 긍정적인 삶의 태도로 살았기에 이만큼이라도 잘 버티고 살아온 것 같다. 아침마다 창문을 열면서 나는 외친다.

"나는 병을 잘 이기면서 잘 살아갈 수 있다."

처음 진단받았을 때보다 지금은 많이 좋아졌다. 내 몸 하나 추스르기도

　　〜〜〜〜〜　　　　　　　　　우리 집은 날마다 조금씩 행복해진다

힘든 상황이었지만, 긍정적으로 생각하며 살고 있다.

힘들게 아픈 몸을 챙기며 두 아이를 키우다 보니 어느새 내 나이 예순이 되었다. 몸은 좀 아프고 불편해도 지금이 참 좋다. 오늘 하루도 별일 없음에 감사하고 책을 읽고 글을 쓰는 취미를 가졌으니 더할 나위가 없다. 언젠가는 쇼그렌 증후군 신약도 나올 거라는 기대를 해 본다. 그러고 보니 평생 함께해 온 쇼그렌 증후군이 나에게 감사함까지 선물했구나!

4

나의 외출은 안대와 함께 시작된다. 건조증으로 인해 각막에 생긴 상처들로 눈 부신 햇살을 받으면 따가움이 심하다. 눈을 뜨기가 힘들 정도다. 내가 안대를 하고 선글라스와 모자 양산까지 쓰고 집을 나서는 이유다. 챙겨야 할 것이 많아서 그런지 한 발짝 내디딤도 힘겹다.

눈물샘이 파괴되어서 눈물이 거의 나지 않는다. 건조함이 극에 달하면 뻑뻑하다 못해 따갑다. 아이와 외출이라도 하려면 얼마나 조심스러운지 그래서 자꾸 집에만 머물고 싶어진다.

잠깐씩 외출이야 하지만 긴 외출은 많은 망설임이 따른다. 특히 아이가 어릴 때 유모차를 끌고 나가면 불안한 마음이 더 많았다. 어디 걸려서 넘어지기라도 할까 봐 조바심이 났다. 눈이 안 좋았던 나에게 한 가지 간절한 바람이 있다면, 햇살 가득한 날 하늘을 마음껏 올려 보는 거였다.

아들이 어릴 때는 더 힘들었다. 나의 이런 고충을 알 리가 없는 아들은 외출하자고 조르기 일쑤였다. 바로 집 앞에 공원이 있으니 늦둥이 아들은 눈만 뜨면 손을 잡아끌고 나가자고 아우성쳤다.

"엄마 공원에 가서 미끄럼타고 놀아요."
"공 갖고 나가서 축구해요."
"엄마가 눈이 힘들어서 다음에 아빠랑 가면 안 될까?"

늘 이런 대화가 주를 이루었다. 주말이면 가끔 아빠랑 나가서 놀기도 했지만 마음 한구석에는 자꾸만 함께 놀지 못한 게 마음에 걸렸다. 그래서 생각해 낸 것이 거실을 놀이터로 만드는 것이었다. 어린이 배드민턴 라켓, 플라스틱 볼링공. 고무공으로 벽치기 등으로 게임도 했고, 집에서 즐겁게 놀아주었다. 레고는 날마다 한 바구니씩 가져와서 같이 만들었다. 때로는 책을 바닥에 다 깔아놓고 도미노 게임도 하고 탑 쌓기도 했다. 전지를 벽에 붙여 놓고 마음대로 낙서도 하고 그림을 그리기도 했다. 그래서인지 두 아이 다 미술에 관심도 많고 그림도 잘 그린다.

아무리 눈이 아파도 책 읽어주는 것은 소홀히 하지 않았다. 아이들이 어릴 땐 책을 읽어 달라고 하루에도 몇 번씩 책을 꺼내 오곤 했다. 딸과 아들이 어릴 때는 책을 참 좋아했다. 핸드폰을 가진 후에는 책을 보는 것보다는 핸드폰으로 웹툰이나 다양한 영상들을 보는 걸 더 좋아하게 됐다.

눈이 불편하다 보니 하루 종일 혼자 아이 보는 일이 힘들었다. 남편은 늘 미안해하고 안쓰러워했다. 그래서 남편이 잠깐씩 주변 업체에 A/S가는 일이 생기면, 아들도 아빠를 따라 함께 가기도 했다. 그 주변에서 잠깐씩 공놀이도 하고 클로버꽃으로 손목시계도 만들어서 놀다 왔다. 그렇게 잠깐씩이라도 아빠와 함께 있는 것을 아들은 신나 했었다.

눈이 불편해서 겪는 아쉬운 상황도 많았다. 초등학교 들어가서 운동회 하던 날, 아이들이 달리기할 때 눈이 부셔서 사진을 제대로 찍을 수가 없었다. 뛰는 모습도 제대로 볼 수가 없어서 마음이 짠했다. 지금도 나는 한 발짝씩 내디딜 때마다 힘들지만 마음의 눈이라도 밝게 빛나고 싶은 마음뿐이다.

눈이 아프면 활동의 제약이 많다. 하고 싶은 것이 많아도 질병 때문에 못하면 우울한 기분이 든다. 그때마다 판사 김동현 님의 에세이 『뭐든 해봐요』이 책을 보면서 힘을 얻는다. 그는 과학고와 카이스트를 졸업했다. 진로를 변경해 IT전문 변호사를 꿈꾸며 연세대 로스쿨을 입학한 수재였다. 이렇게 성공 가도를 달리던 그는 2012년 5월 간단한 시술 도중 발생한 의료사고로 시력을 잃었다. 그러나 힘든 상황에서도 다시 공부를 시작해 변호사 시험에 합격했다.

그의 책을 읽으며 나는 그가 절망적인 상황에서도 뭔가를 이루고자 하는 모습을 봤고, 큰 동기부여를 받았다. 덕분에 어떤 불편함에도 도전하고 무언가 해낼 수 있는 힘을 만들어야 한다고 생각하게 됐다. 김동현 님의 에세이『뭐든 해봐요』책에서 기억에 남는 구절이 있다.

"남의 도움을 받는 것을 부끄러워하지 말라. 우리는 성벽을 넘어야 하는 의무를 지닌 군인이나 마찬가지이다. 부상당했을 때 어떻게 다른 군인의 도움 없이 성벽을 오를 수 있겠는가?"

마르쿠스 아우렐리우스의『명상록』에 나오는 구절이라는데, 그 말에 동감한다. 세상의 누구도 인생에서 직면한 모든 문제를 혼자 풀 수 있는 능력은 없다. 힘에 부치고 힘들 땐 도움을 요청하는 게 맞다. 아이를 키우면서 오로지 혼자 병을 이겨내려고 하니 힘에 부쳤다. 어린아이들을 챙기며 내 몸의 불편함도 챙겨야 했으니 매 순간 힘들었다. 때론 도우미도 부르고 가까운 사람에게 도움을 요청하는 게 현명한 방법이었을걸….

남의 마음 잘 헤아리기로 소문이 날 만큼 남은 잘 챙기는데 정작 왜 자신이 힘든 부분은 이야기를 못 했을까? 도움을 요청할 수 있는 곳이 있으면 요청하는 게 맞다. 도움받고는 감사함을 표현하고 살면 되는 것인데 말이다.

예전에는 누군가에게 나의 불편함 때문에 도움을 요청하는 일이 불편했다. 이젠 나도 달라져야 한다고 생각한다. 체력이 힘들 때 누구에게 부탁도 하고 내가 쉴 수 있는 여유를 갖는 일이 더 지혜롭다. 비료도 주고 풀도 뽑아주고 영양분도 듬뿍 주는 일이 내 마음 밭을 보살피는 일이다. 때로는 혼자 애쓰면서 사는 것도 필요하지만, 가끔은 잠시 내려놓는 것도 필요하다는 걸 느끼는 요즘이다.

5

가끔 생각지도 못하는 작은 일이 엉킨 실타래처럼 풀리지 않을 때가 있다. 마음 졸이다 보면 감정이 꼬리에 꼬리를 물고 자꾸만 이상한 쪽으로 흘러간다. 그럴 때마다 마음 정리를 위해 이것저것 해 보지만 도무지 아무 일도 손에 잡히지 않는다.

마음이 싱숭생숭할 때마다 나는 손빨래한다. 콸콸 흐르는 수돗물 소리 들으면서 하는 손빨래에는 묘한 매력이 있다. 빨래를 다 하고 나면 속이 시원하다. 특히 하얀 면 빨래를 삶아서 출렁이는 물에 헹궈 햇볕에 널어보면 복잡한 감정들이 모두 따사로운 햇살에 묻어 훌훌 날아가는 느낌이다.

내 마음도 깨끗하게 세탁해서 햇살을 받게 하면 얼마나 좋을까? 뽀송뽀송해진 빨래처럼 내 마음도 잘 정리 정돈된다면 단조롭게 살 수 있을 텐데, 버릴 건 미련 없이 버리면서 말이다. 속상한 마음으로 일상을 살면 자꾸만 마음이 복잡해진다. 그럴 때마다, 내가 가지고 있는 것에 감사함을 느끼고 좋아하는 일을 하면서 살려고 노력한다.

요즘 들어서 자주 몸이 아프다. 쇼그렌 증후군의 영향 때문인지 자꾸 면역력이 떨어지는 것을 느낀다. 주기적으로 크게 아프게 된다. 지난 3일 연휴 내내 목감기에 몸살까지 겹쳐서 한 발짝 걷는 것도 쉽지 않았다. 머리는 멍한 상태에다, 온몸은 두들겨 맞은 듯 쑤시고 입맛도 없었다. 몸이 아프니 생각도 많아졌다. '내가 무얼 했길래 이렇게 몸이 피곤할까?,' '나 아닌 다른 사람한테 신경 쓰고 챙겨주느라 너무 애쓴 건 아닐까?' 이런저런 생각이 꼬리를 문다.

나는 체력이 약한 편이다. 그런데도 우리 식구 말고 주변 사람들도 잘 챙기게 된다. 남이 아픈 모습, 힘든 모습을 보면 그냥 지나치질 못한다. 눈을 질끈 감고 그냥 넘겨 버리자 마음먹지만 잘 안된다. 가끔 고마움을 못 느끼거나 당연하게 여기는 분들을 만나면 힘이 빠진다. 나 혼자만 애쓰는 느낌이 든다고 할까? 아마도 그런 쓸데없는 관심과 희생 때문에 내 몸만 고달프게 한 것 같다. '이제는 내 몸이나 잘 챙기자.' 하는 생각으로 며칠 쉬면서 몸을 돌봤다.

정신을 차려 세상 밖을 바라보니 어느새 초록이 무성한 5월이다. 연둣빛 잎새가 바람에 일렁이는 모습이 아름답다. 간간이 스며드는 햇살이 눈 부시다. 아파서 누워 있어 보니 하고 싶은 게 자꾸 생각이 난다. 산책하면서 사진을 찍는 것이 나에겐 큰 행복이다. 자꾸만 걷고 싶고 사진도 찍고 싶다.

내가 살고 있는 제천엔 명승 20호로 지정된 의림지가 있다. 햇살에 윤슬이 반짝이는 모습을 보면서 의림지를 걸을 땐 아무런 근심 걱정이 없어진다. 꽃잔디가 흐드러지게 핀 싱한 초록 길을 걸을 때도 눈이 즐겁고 마음에도 환한 꽃이 핀다.

잠시 시간을 내어 외식하러 밖에 나왔다. 의림지 솔밭 가는 길에 있는 수제 돈가스를 파는 레스토랑에서 점심을 먹고 내려왔다. 내려오는 길에 새로 생긴 카페에서 진한 수제 레몬차 한잔 마시니 기분 전환이 된다. 지나오면서 의림지 사진 몇 장을 찍었다. 걷고 사진 찍고 하는 모습이 나에겐 일상이 되었다. 아무리 무거운 물건을 들었어도 잠깐 멈추고 찰칵 찍는 그 순간이 나에겐 활력소다. 아파서 집에만 있는 동안 그걸 며칠 못 하니 얼마나 답답했는지 모른다. 산책을 마치고 돌아오는 길에 한 담벼락이 보였다. 담쟁이넝쿨이 점 하나 찍더니 얼마나 무성하게 손에 손잡고 쭉쭉 올라가던지 가던 걸음 멈추고 한참을 들여다봤다. 함께하는 모습이 얼마나 멋스럽게 어우러지는지 감동이다.

마음이 힘들 땐 무조건 걸어 보자. 걸으면서 근심 걱정 아픔도 훌훌 털어버리고 햇살을 보약 삼아 마음 다독이는 것만으로도 힐링이 된다.

우리 집은 날마다 조금씩 행복해진다

몸이 힘들 땐 모든 걸 내려놓고 편안히 몸만 챙기면 금세 알아챈다. 몸과 마음이 다 편안할 때 일상에 최선을 다해도 절대 늦지 않다. 오늘은 유난히 햇살이 좋은 날이다. 이런 날은 몸과 마음을 깨끗하게 세탁해서 햇볕에 말리고 싶다.

〜〜〜〜〜 우리 집은 날마다 조금씩 행복해진다

6

우리는 누군가를 만나면 어김없이 "별일 없나요?"라고 묻는다. 별 탈 없이 사는 집이 몇 집이나 될까? 삶에 존재하는 고통의 종류는 제각각이라도 무게는 저울에 달면 한 치의 오차도 없다고 한다. 누구나 다 저마다 인생의 무게를 안고 살아간다. 감당할 만큼의 무게를 줌과 동시에 해결할 능력도 부여해 주는 것 같다. 죽을 것 같이 힘들던 일도 해결하고 보면 별일이 아닌 듯하다. 언제 그랬느냐는 듯이 그 어떤 상황에서도 "이 또한 지나가리라." 라고 생각하는 것이 좋다. 그 어떤 일도 다 지나간다. 아픔의 세월만큼 인내심을 배우고 깨닫게 된다. 뼈에 금이 가도 시간이 지나면 아물 듯이 마음에 상처도 시간이 지나면 희미하게 퇴색된다.

우리 집은 날마다 조금씩 행복해진다

지금 살고 있는 이 집으로 이사 오기 전에 살던 집을 떠올리면 참 힘겹게 살아온 것 같다. 용인에서 이곳 제천으로 이사를 오면서 급히 전셋집을 구했다. 딸아이 한 명 키우면서 살기엔 딱 좋았다. 학교가 가까웠고 집 근처에 작은 공원도 있었다. 놀이터도 가까이 있어서 더없이 좋은 조건이었다.

그곳에서 한 10년쯤 살다 보니 빌라가 오래되어서 보일러가 터지고 아이 방에도 습기가 자꾸 바닥에서 올라왔다. 한겨울에 보일러 공사하기도 그렇고 해서 주인집에 전화를 드렸다. 이젠 오래 살았으니 갑자기 이사를 가라고 했다. 한겨울이기도 하고 모아놓은 돈도 없었다. 1년이나 2년 정도는 더 살았으면 싶은데 이사 가라는 주인의 말에 서운함이 밀려왔다. 일단 보일러는 50만 원 주고 교체했다. 하지만 방 누수공사는 오래된 배관을 잘못 건드렸다가는 너무나 큰 공사가 될 것 같아서 엄두가 나질 않았다. 그래서 한 겨울에 부랴부랴 집을 알아보느라 수많은 집을 보러 다녔다. 겨울이라 생각보다 형편에 맞는 집이 없었다.

17년 전이니 지금처럼 아파트도 흔할 때가 아니었다. 일단 목돈도 쉽게 마련되지 않았다. 남편은 이제 이사 가면 거의 10년 이상은 살 건데 조금 넓은 평수가 좋지 않겠냐고 했다. 수많은 집을 알아보다가 마음에 든 집을 찾았지만 1억을 보태야 살 수 있었다. 전세금 이천이백만 원도 금방 빼줄 수가 없다는데 그 많은 돈을 어디서 구할 수 있을까? 많은 고민을 하다가 자금력이 좋은 둘째 언니에게 부탁을 하기로 마음먹었다. 지금부터 17년 전에 현금으로 1억이란 돈은 엄청 큰돈이었다. 둘째 언니는 묻지도 따지지도 않고 선뜻 해 주겠다고 하여서 엄청 고마웠다. 워낙 열심히 살고 있는 동생이라 조금이나마 보탬이 되어주고 싶다고 했다. 그때의 고마움을 지금도 잊을 수가 없다. 둘째 언니 덕에 살던 집주인에게 자신 있게 이사 가겠다는 이야기를 할 수 있었다.

"저희 이사 갈게요."

"갑자기 이사를 간다니 돈을 바로 못 내어주겠어요."

"우린 이 집 전세대금을 제때 못 받으면 많은 돈을 대출해야 하는데 어쩌지요."

"몇 달만 기다려 주세요. 돈을 묶어 놓았으니 기간 될 때까지만 참아 주세요."

이번에는 전세금도 쉽게 돌려주지 못한다고 했다. 주인은 엄청 부잣집인데도 그렇게 말하니 참 서럽고 기가 막혔다. 힘든 마음에 투덜투덜 한없이 걸으면서 집 없는 서러움이 이런 거구나 싶었다.

그때 마침 마음에 들었던 곳이 지금의 아파트다. 베란다 앞뒤로 해가 얼마나 잘 드는지 일출과 일몰 맛집이다. 운동 다니기도 좋다. 주방에서 바라보면 푸른 들판이 확 트여서 내 마음을 바다처럼 만들어준다. 바라보기만 해도 속이 후련해지는 느낌이다. 집이 훤하니 더없이 마음에 들었다. 이사를 준비하던 그 당시에는 돈 없고 집 없는 서러움이 커 고통이라고 생각했

우리 집은 날마다 조금씩 행복해진다

다. 하지만 지나고 나니 그때 받았던 고통이 새로운 기회가 되었다는 생각이 든다.

  돈 없고 집 없는 서러움만 겪었을까? 쇼그렌 증후군을 앓고 난 이후 나는 움직이는 종합병원이라고 할 만큼 병원을 자주 갔다. 받는 진료도 다양하다. 내과, 이비인후과, 치과, 류머티스 내과, 안과, 그중에서도 치과와 안과는 얼마나 오랫동안 다녔는지 모른다. 치과는 서른 살이 된 딸아이 백일 때부터 다니기 시작해서 아직도 진행 중이다. 아마 치과에 그동안 들인 비용은 아파트 전세 한 채 얻고도 남는 정도인 것 같다.

  안과도 아직 진행 중이다. 매주 한 번씩 가서 치료받고 6개월에 한 번씩 검진 받으면서 관리를 한다. 류머티스 내과 약은 벌써 28년째 복용하고 있고, 매달 원주까지 가서 약을 타온다. 그것도 모자라 6개월에 한 번씩 정기적 검사를 한다. 그렇게 지내다 보니 이제야 알 것 같다. 내 몸과 마음을 잘 다스리는 일이 가장 중요하다는 것을….

  나만 고통의 무게로 힘든가 싶어서 주변의 얘기를 듣기도 했다. 다양한 이야길 듣다 보면 각양각색으로 힘들어한다는 걸 알게 된다. 부모님이 편찮기도 하고, 그렇지 않으면 자식이 아프기도 하고, 또 그렇지 않으면 본인이 아파서 힘들게 살아간다. 삶에서 겪는 고통은 누구도 예외가 없는 듯하다. 누가 더 많고 적음이 없다. 종류만 다를 뿐이지, 저울에 올리면 한 치의 오차도 없다.

　아무리 힘들고 고달프더라도 그것이 내 삶이라면, 그 무게를 스스로 가볍게 여기면서 살아가자. 모든 것은 내 마음먹기 나름 아니던가. 살면 살아지는 게 인생이다. 의미를 많이 부여하지 않고 살아도 괜찮다. 그래도 된다.

　～～～　우리 집은 날마다 조금씩 행복해진다

18년 전 1월쯤이었을까? 그때 내 나이 마흔셋이었다. 생리가 없길래 혹시 면역 질환 때문에 생각보다 빨리 폐경기가 온 것인가 싶었다. 이런저런 별생각이 다 들었다. 그런데 생각지도 않은 일이 벌어졌다. 놀랍게도 13년 만에 둘째 아이가 생긴 것이다. 새로운 집에 이사하고 난 후 생긴 일이었다. 기쁘기도 하지만 걱정이 더 많았다. 긴 시간 약을 먹고 있었고 건강도 그리 좋지 않은데 이 아이를 건강하게 출산할 수 있을까?

기쁨보다 걱정이 앞서서 남편에게 따로 연락할 수 없었다. 저녁에 딸아이가 학교에서 돌아오고 남편도 퇴근했다. 혼자 종일 심란한 마음으로 있었기에 피곤해 보였는지 남편은 한마디 했다.

"어디 아픈가요? 기운이 없어 보이는데…."

"아프긴 뭘요. 심란한 일이 생겼지요."

"뭐가 심란한데요? 친정에 무슨 일 있어요? 아니면 급하게 돈이 필요한가요?"

"모두 다 아니요. 임신이래요."

"뭐라고 임신?"

남편은 함박웃음을 지으면서 우리에게 기적 같은 일이 생겼다며 좋아했다. 딸아이도 눈이 동그래지면서 한마디 했다. 잘생긴 남동생이 생겼으면 좋겠단다. 딸아이가 해마다 보름이면 베란다에 나가서 '남동생이 생겼으면 좋겠어요.'라고 기도를 했다는데, 이루어진 모양이다. 남편도 넌지시 목욕탕이나 온천에 함께 갈 아들이 생겼으면 좋겠다고 생각했다고 했다.

내가 마음에 걸려 할까 봐 표현을 안 했었나 보다. 두 사람이 너무 행복해하는 모습을 보니 출산을 망설일 이유가 없겠다 싶었다. 건강만 허락한다면 어떤 희생도 감수해야지 싶었다. 두 사람 다 내심 기다렸다는 듯 신나 보였다.

나는 의사 선생님께 어떻게 물어볼까도 고민이었다. 이 나이에 다시 육아를 시작해야 하는 갑갑함도 생각하지 않을 수 없었다. 그날 밤을 어떻게 보냈는지 밤이 너무나 길게만 느껴졌다.

그다음 날 서둘러 주치의 선생님께 달려갔다.

"선생님 저 임신했어요. 긴 시간 면역 질환약을 먹어서 걱정입니다."

라고, 걱정스러운 목소리로 말씀드렸다. 그러자 선생님께선,

"약이 그렇게 독하진 않아서 지금부터 안 먹으면 돼요."라고 대답하셨다.

그 말이 나에겐 얼마나 큰 희망의 말이었는지 지금 생각해도 뭉클하다. 몸이 남보다 안 좋으니까 더 열심히 걷고 등산하고 마라톤도 했다. 그렇게 체력을 단련했더니 이렇게 아이가 선물처럼 왔다. 세상에 기적은 존재한다.

"항상 남에게 잘 베풀고 선하게 살더니 정말 경사스러운 일이 생겼다."

"네 몸을 생각해야지, 지금 그 나이에 어떻게 아이를 키울 거냐."

나의 늦은 임신 소식을 알게 된 주변 사람들의 반응은 엇갈렸다. 진심으로 축하해 주는 분도 있었고 반대로 염려하는 분도 있었다. 염려해 주는 말도 고마운 말이긴 하다. 나이가 적지 않기 때문이다. 나는 배 속의 아이를 위해 듣기 좋은 소리만 들으려고 애썼다.

음식도 골고루 잘 먹고 운동도 열심히 했다. 태아를 위해서 독서도 부지런히 했다. 평소에 잘 먹지 않았던 우유도 500ml씩 먹었다. 그 덕분인지 생각보다 입덧이 심하지 않았다. 지인들은 정말 축하할 일이 생겼다면서 맛난 음식들을 자주 사 줬다. 가까운 지인은 임부복도 사다 주고 시간 날 때마다 산책도 함께 해 주기도 했다. 그러면서 우울해하지 말고 즐겁게 지

낼 수 있도록 많은 응원을 해 주었다.

　나이가 많기도 하고 면역 질환이 있어서 내가 사는 곳에 있는 산부인과에선 처음부터 큰 병원을 가라고 했다. 산부인과 선택부터 하나씩 아이를 지키기 위해 공을 들였다. 집 앞 보건소에서 임신 요가 교실을 한다고 해서 부지런히 다녔다. 처음에는 젊은 엄마들이 많아서 좀 망설이기도 했지만 아이를 위해 용기를 내어서 열심히 다녔다.
　덕분에 한결 몸도 가벼워지고 체력도 좋아졌다.

　신이 꼭 불행만 알게 해 주는 것은 아니다. 불행 속에서 피어난 희망이 더 소중함을 알게 해 준다. 쇼그렌 증후군은 어쩌면 내게는 불행한 일일 수 있다. 그렇지만 좌절하지 않고, 나를 돌보며 꾸준하게 운동하고 남에게 베푸는 걸 열심히 했더니 축복으로 돌아왔다. 선하게 살다 보니 뜻하지 않은 선물이 찾아왔다. 그것도 가족이라는 이름으로.

8

쇼그렌 증후군은 완치가 어렵다. 처음엔 그 사실을 받아들일 수 없었다. 시간이 지나면서 생각이 바뀌었다. '이 병을 친구 삼아 달래면서 살아야지.' 라고 생각한다. 큰 노력으로 완화될 수는 있지만 이제는 평생을 동반자처럼 안고 살아야 함을 받아들이고 있다. 마음 크게 먹고 이만해도 다행이라 하면서. 그러기 위해 긍정적인 마음과 감사한 마음을 바탕에 깔고 마음 비우는 연습을 수시로 하고 있다.

얼마 전 읽었던 정신분석 전문의 김혜남 선생님의 『만일 내가 인생을 다시 산다면』 책을 읽으면서 많은 생각을 하게 되었다. 정말 대단하신 분이다. 그는 마흔두 살에 몸이 점점 굳어가는 파킨슨병 진단을 받았다. 병마와 싸우면서 자신을 돌볼 수 있는 존재는 자기뿐이고 남편도 아이도 이를 해 줄 수 없다는 사실을 알게 되었다고 한다. 그가 책에 남긴 "나 자신이 끝까지 버티다가 그냥 흉하지 않게 세상을 떠날 수 있으면 되는 거라고 생각한다."라는 구절은 특히 마음 깊이 와닿는 말이다.

그의 이야기는 신문 기사에도 났다. "23년째, 파킨슨 투병, 내 글의 힘은 병(病)에서 나와."라는 제목의 기사였다. 그는 어느새 64세가 되었다. 병을 앓고 난 후, 처음엔 커피잔 드는 것도 힘겨웠다고 했다. 하지만 "매일 운동 치료를 받은 덕에 이제 세 발짝쯤은 혼자 걸을 수 있다."라며 웃는다고 했다. 신문 기사를 읽어 보니 그의 삶은 평탄하지 않았다. 고등학교 때 겪은 언니의 죽음을 시작으로 직장 내 괴롭힘 경험, 또 고된 시집살이를 거쳐 지금은 파킨슨병을 앓고 있다.

그가 신문 인터뷰를 통해 전하는 메시지가 가슴을 울린다.
"버티지 않고 어느 순간 포기해 버렸다면 삶이 쉬웠을지는 몰라도 참 많이 후회했을 것이다."

살아가면서 모든 일이 술술 풀리는 경험이 얼마나 있던가? 그저 견디면서 살아가는 게 우리의 삶이다.

생각해 보면 나도 28년간 쇼그렌 증후군이란 병을 크게 원망하거나 불평해 본 적은 없다. 아주 가끔 힘들 땐 펑펑 울기도 하고 속상해하기도 했다. 슬퍼하고 힘들어한다고 달라지는 것이 없다는 걸 알면서도 말이다. 병으로 인해 더 겸손해지고 그저 내게 주어진 운명이려니 생각해 본다. 한편으로는 이겨보려고 애쓰기도 하고, 또 운동도 열심히 한다. 또 한편으로는 선한 마음으로 이웃에게 베풀고, 이웃을 도와주는 살뜰함으로 나를 위로한다. 나보다 더 힘겹게 살아가는 사람들에게 힘이 되고 싶다는 생각만 가득하다. 아무리 힘든 고통이 와도 스스로 이겨내야 살 수 있다. 만성 질환은 버티는 힘이 있어야 한다.

얼마 전 조카를 만났는데, 조카 친구가 쇼그렌 증후군 진단을 받았다고 했다. 폐가 안 좋아서 숨쉬기조차 힘들어 늘 누워만 지낸단다. 어떤 정보도 없고 어느 날 갑자기 찾아오는 병은 자신이나 가족 모두에게 하늘이 무너지는 것 같은 충격이다. 다행인 것은 그 가족들은 모두 엄마가 힘들까 봐 그 어떤 것도 의지하지 않고 스스로 잘하고 있다고 했다.

오랜 시간 병과 친구처럼 지내면서 깨달은 것이 있다. 병을 어떻게 받아들이고 이겨나갈지 계획해야 한다는 것이다. 병을 잘 다스려 조금씩 좋아지고 변화될 수만 있다면 그 또한 감사하지 않을 수가 없다. 그런 것을 말하고 싶어서 이렇게 나의 이야기를 어설프게나마 쓰고 있는지도 모르겠다. 잘 쓰고 못 쓰고를 떠나서 있는 그대로 내가 겪은 그대로를 솔직하게 쓰고 싶다. 힘든 이에게 조금이라도 힘을 줄 수 있다면 더없이 감사한 일이 되지 않을까? 내가 힘들 때 다른 사람의 책이 내게 도움이 되고 힘이 되듯이 말이다. 어찌 보면 나보다 더 힘든 상황에서도 살아가는 사람도 많을 것이다.

　우리 집은 날마다 조금씩 행복해진다

그들에게 작은 위로를 건네주고 싶다.

유정미 작가의 『마음이 무너질 때마다 책을 펼쳤다』라는 책을 읽으며 행복에 대해 생각하게 되었다. 책의 메시지를 간단히 말하자면 이렇다. 누구나 행복하게만 살 수는 없다. 원하는 것을 이루고 살려면 또 다른 부분을 포기하고 해야 한다. 내가 원하거나 갈구한다고 행복이 오는 것은 아니다. 행복과 불행 사이에 있는 행복한 곳에 점을 찍고 살아가야 한다는 것이다.

그의 글이 마음 깊이 와닿는다.
"힘겨운 일이 다가와도 긍정적인 생각을 하면서 행복한 마음이 들게 노력하며 사는 것. 그것이 행복하게 사는 비결이다."

나는 힘겨울 때마다 텅 빈 들판을 바라보며 내 마음을 비우는 연습을 한다. 무작정 걸으면서 자연과 함께 호흡하면서 무거운 마음을 훌훌 털어버린다. 그때마다 어떤 어려움이든 내가 받아들이고 정면으로 부딪쳐야 한다는 사실을 다시금 깨닫는다.

〜〜〜〜〜〜 우리 집은 날마다 조금씩 행복해진다

우 리

집 은

날 마 다

조 금 씩 행 복 해 진 다

1

몇 해 전 추운 겨울날 혼자서 김장을 힘겹게 했다. 온몸이 뒤틀리고 힘들면서도 뒷정리하느라 주방을 오가고 있는데 늦게 친구 한 명이 왔다.

"화경 엄마 안색이 안 좋아 보이네. 어디 아픈 거 아니야?"
"김장하고 힘들어서 그런 가봐."
"아니야, 기운도 없어 보이고 숨도 차 보이는데."

친구에게 아니라고 말했지만 나도 좀 멍한 기분이 들었다. 그러면서 거울을 보는 순간 깜짝 놀랐다. 피부도 검게 보이고 숨도 약간 찬 듯 보였다. 컨디션이 엉망임을 느꼈다. 하던 일 그만두고 부랴부랴 자주 다니던 내과로 갔다. 병원에 도착하자마자 접수하고 진료실에 들어서니 의사가 몇 가지 질문을 하시더니 이렇게 말씀하셨다.

"폐에 물이 찬 거 같네요. 큰 병원으로 갈 건지 응급치료할 건지 결정해 주세요."
"큰 병원 가면 입원해야 하니 여기서 응급 처치할게요."

그러고선 응급 처치하고 있는데 둘째 언니가 소식을 듣고 급히 달려왔다. 언니는 내 얼굴을 보더니 "안 되겠다. 얼른 큰 병원으로 가서 입원하자."라고 말했다.

언니의 말을 듣고 나서 지역에서 제일 크다는 병원으로 갔지만 거기선 또 더 큰 병원으로 가는 게 낫겠다고 했다. 덜컥 겁이 났다. 주기적으로 심하게 아픈 경험이 있어서 또 큰 병이라도 났을까 봐 조마조마했다. 나도 큰 병원으로 가는 게 좋겠다 싶었지만, 아이가 어리니까 선뜻 말을 못 하고 망설이고 있었다.

그때만 해도 아이가 유치원을 다니고 있어서 난감한 상황이었다. 일단 아이를 어딘가에 맡겨야 했다. 아플 때마다 아이는 형님이 봐주시곤 했다. 또 어쩔 수 없이 형님께 부탁할 수밖에 없었다. 형제가 아무리 많아도 제각기 사정이 있으니 다급한 상황에서는 또 형님한테 신세를 져야 하는구나 싶었다.

아이를 부탁하고 입원을 하고 보니 내 몸과 마음은 많이 지쳐 있었다. 20

우리 집은 날마다 조금씩 행복해진다

일 정도 치료를 하는데도 크게 진전되는 게 없었다. 시골 병원이다 보니 의료기기나 장비들이 부족했다. 그러던 중 갑자기 쇼크 상태도 오고 패혈증[3]이 와서 구급차를 타고 서울대 분당병원 응급실로 향했다. 난 쇼크 상태였기에, 그 이후에 어떤 일이 벌어졌는지 아무 기억이 나진 않는다. 깨어나서 주변에 물어보니 남편과 아들, 그리고 언니들, 형님 모두가 마음 졸였단다.

응급실에서 꼬박 이틀이나 있었다. 수많은 검사를 하면서 혈관 찾기도 힘든데 주삿바늘을 자꾸 찌르니 생지옥이나 다름없었다. 병실도 부족하고 입원실도 빨리 나질 않았다. 밤새 추운 응급실에서 남편은 안타까운 마음으로 지켜보고 나는 사경을 헤맸다. 이틀이 지나서 겨우 병실을 갈 수가 있었다. 응급실에만 있다가 병실로 옮기니 그나마 안정된 느낌이었다.

병실로 옮기고 난 후에도 몇 시간에 걸쳐서 치료를 거듭했다. 주삿바늘과 링거병은 여전히 주렁주렁 달려 있었기에 한 걸음씩 디딜 때마다 숨도 차고 힘겨움의 연속이었다. 다행히 하루하루 조금씩 좋아지는 모습에 희망이 보이기 시작했다. 어린아이를 생각해서 빨리 좋아져야지 하는 생각밖에 들지 않았다. 그러다 보니 자꾸 조바심이 났다.

빠른 치유를 원했기에 병원에서 시키는 운동은 뭐든 열심히 했다. 풍선

---

3 상처나 염증 부위에 있던 세균 및 기타 미생물이 혈액을 타고 전신으로 퍼지면서 염증을 일으키고 이에 따라 주요 장기에 장애를 유발하는 증상

을 불면서 호흡을 길게 하는 연습도 하고 산책도 열심히 했다. 간병인으로 계셨던 분이 얼마나 잘해 주시는지 재활 훈련을 하는 동안 큰 힘이 되었다. 환자들을 가족처럼 잘 보살펴 주시니 그분은 환자들 예약이 가득 차 있었다. 긴 시간 입원해 있는 동안 여러 사람들의 도움과 사랑을 받으며 차츰 나의 병세는 좋아지고 있었다. 병문안을 왔던 가까운 친척들, 지인들 모두가 위로와 격려를 아끼지 않으셨다. 아픔으로 인해서 가족과 지인들의 따뜻한 사랑을 듬뿍 받았다. 새삼 가족들이 옆에 있다는 사실이 감사했다.

햇살이 잘 드는 9층 병실에서 넓은 창밖 산을 멍하니 바라보았다. 쉼을 가지면서 살라는 신호임을 느꼈다. 다른 건 욕심이 없으면서 일에는 욕심을 부리는 편이다. 그게 탈이 난 모양이다. 일을 나누어서 하는 현명함이 있어야 한다는 걸 이 기회에 많이 깨달았다.

병원에서 지내는 동안, 내가 건강해야 가족의 건강도 챙길 수 있고 내가 하고 싶은 일도 마음껏 할 수 있음을 몸소 느꼈다. 이제는 나 혼자를 위해서가 아니라, 가족들을 위해서라도 챙겨야 하는 것이 '건강'임을 느끼는 나이가 되었다.

"금과 은이 아닌 진정한 부는 건강이다." - 마하트마 간디

〰〰〰〰 우리 집은 날마다 조금씩 행복해진다

2

일
상
이
라
는

행
복

이른 봄 동네 놀이터에 나가보면 커다란 살구나무에서 초록빛 살구가 떨어지곤 했다. 아들이 어릴 때는 살구가 신기한지 주워서 만지작거리다가 굴려도 보고 발로 차보기도 했다. 아들이랑 그 살구로 축구도 하고 누가 멀리 찰 수 있나 내기 놀이도 했다. 여기저기 있는 운동기구로 달려가서 운동도 하고 잡기 놀이도 하면서 시간 가는 줄도 몰랐다. 작은 돌들을 모아놓고 공기놀이도 하며 보냈다.

긴 시간 병원에 입원해서 병원 생활을 하다 보면, 아이와 함께했던 일상이 자꾸 눈에 아른거린다. 사소한 일상이 그렇게도 그리울 수가 없다. 아침에 식구들 깨우는 소리, 압력밥솥에 김이 빠지는 소리, 청소기 소리, 드라이기 소리, 어느 한 가지 그립지 않은 게 없다. 별일 없는 일상이 얼마나 감사한 일인지…. 내 몸이 힘드니까 순간순간이 다 힘들었는데 생각해 보면

평범한 일상 자체가 행복이다.

한 번 아프고 나면 일상을 소중하게 바라보게 된다. 매일 아침 블라인드를 올리면서 햇살을 올려다본다. 햇살을 마주 바라볼 수 있는 것만으로도 기적처럼 다가왔다. 그때, 불현듯 공지영 작가님의 에세이 『딸에게 주는 레시피』에 나오는 좋은 문구가 떠올랐다.

"인생을 행복하게만 살다 간 사람은 없어. 다만 덜 행복하게, 더 행복하게 살다 가는 사람들이 있단다."

맞다. 행복을 아주 깊은 마음속에 꽁꽁 숨겨 놓았다고 하니 느낄 수 있는 사람만 느끼면서 산다. 작은 거라도 자주 행복을 느낄 수 있으면 되는 거다. 파란 하늘 한번 올려다보면서도 작은 행복을 느낀다. 길가에 이름 모를 풀꽃들 바라보는 그 순간도 행복한 마음을 느끼면 된다. 산책하다가 네잎 클로버 한 잎만 찾아도 그 순간 얼마나 기쁘고 행복한가? 눈만 뜨면 주방 창으로 보이는 넓은 들판과 먼 산이 다 나만의 정원이라 생각하면 매 순간이 감사와 행복으로 느껴진다. 큰 행복만 행복이 아니다. 사소한 일들에서 사소한 행복감을 자주 느낄 수 있다면 그것으로도 충분하다.

한 번은 뇌종양으로 고생하는 동생과 함께 아산병원에 갔다. 얼마나 많은 사람들이 아픔으로 고생하는지 새삼 느꼈다. 내가 아파서 병원에 갈 때

우리 집은 날마다 조금씩 행복해진다

는 정신없어 못 느꼈었는데⋯. 보호자로 병원에 가보니 역시 건강이 1순위라는 걸 다시 깨닫는다. 행복도 건강해야 느끼면서 살 수 있다.

그 누구보다 건강의 소중함을 잘 아는 나는 휴일에는 자주 산책한다. 창밖을 보면서 갈까 말까 망설이다가 과감하게 마음먹고 집을 나서기만 해도 행복하다. 내가 보고 느끼는 그 모든 것이 소중하다. 일주일간의 스트레스와 힘든 일들이 모두 잊히는 것 같다. 이름 모를 꽃들부터 열매까지 예쁘지 않은 것이 없다.

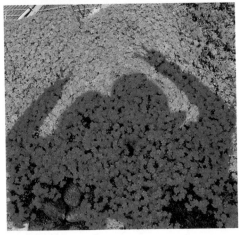

우리 집은 날마다 조금씩 행복해진다

철마다 꽃들이 제각각 최고의 멋을 내면서 시선을 멈추게 한다. 분홍빛 꽃잔디, 노란 개나리, 보랏빛 라일락, 하얀 마가렛, 노란 금계국, 꽃의 천국이다. 가까운 곳에 이렇게 예쁜 산책길이 있다는 게 얼마나 큰 행복인지 모른다. 거기다 자주 만나는 까치와 참새, 다람쥐의 귀여움에 눈과 귀와 마음마저 힐링이 된다. 나의 유일한 힐링 시간이다. 나를 돌아보고 질문하고 나를 알아가는 시간, 또다시 일주일간의 에너지를 얻는다.

살아 있는 한 건강하게 살기 위해서는 무조건 운동해야 한다. 가족들을 힘들게 하지 않으려면 운동만이 살길이다. 이제는 예전과 많이 달라진 삶을 살고 있다. 모두가 수명이 길어진 탓에 자식에게 기댈 수 있다는 생각으로 살면 안 된다. 자식도 사느라 바쁘다. 어느 순간 보면 자식과 부모가 비슷하게 늙어간다.

제임스 오펜하임은 "어리석은 자는 멀리서 행복을 찾고, 현명한 자는 자신의 발치에서 행복을 키워 간다."라고 말한다. 가장 가까이에서 마주하는 날마다 설렘으로 받아들이자. 내가 가지고 있는 환경에서 감사함을 잃지 말자. 자주 행복한 감정을 느끼고 작은 것에서 행복을 발견하면서 살아갈 수 있다면 그야말로 일상 자체가 행복일 것이다.

~~~~~~~~~~ 우리 집은 날마다 조금씩 행복해진다

3

아
이
를
보
고
자
라
는
엄
마
의
마
음

 쇼그렌 증후군 증상으로 외출이 점점 힘들어지는 나날이 계속되었다. 마음이 무거웠다. 늦둥이 아들이 어렸을 적엔 가까운 거리를 나서는 것도 두려움이 생겼다. 아이와 외출 한 번 하는 것이 여간 번거로운 일이 아닐 수 없다. 그래도 힘을 내고 밖으로 나서보지만, 가끔은 몸도 마음도 힘에 부친다.

 아들이 첫돌이 지났을 무렵이었다. 어느 주말 남편이 오랜만에 쉬는 날이라 아들을 데리고 공원을 나간다고 했다. 나도 모처럼 여유롭게 잠깐 쉬어볼까 했다. 아들은 신났다. 아장아장 걸으면서 아빠 손 잡고 나가는 걸 보면서 흐뭇한 마음으로 휴식을 취하고 있었다. 하지만 그런 마음이 무색하게 남편은 나간 지 1분도 안 되어서 아이를 안고 헐레벌떡 뛰어 들어왔다.

"얼른 병원 가야겠어요."

"뭐라고요? 무슨 일인데요."

안방에서 거실로 나오니 아이는 엉엉 울고 있었다. 눈썹 약간 아래 부위에서는 피가 흐르고 있었다. 자초지종을 들으니 아들은 엘리베이터에서 내리자마자 아빠 손을 놓아버리고 뛰어갔다고 한다. 마침 그때 현관 유리문이 열려 있어서 그 모서리에 찍힌 것이다. 허둥지둥 준비하고 가까운 병원으로 가서 몇 방울 꿰맸다. 아들이 병원에서 내내 소리 내어 우는 모습을 보면서 '힘들어도 내가 따라 나갈걸.' 하는 생각에 마음이 아팠다. 혹시 아이 시력에 문제가 생겼을까 봐 큰 병원 가서 검사 할 수 있는 건 다 해 봤다. 다행히 눈에는 아무 이상도 없다고 해서 마음이 놓였다.

이제는 고등학생이 된 아들의 잘생긴 얼굴에 그때의 흉터가 훈장처럼 남아있다. 볼 때마다 마음이 아프다. 한편으론 그만해서 다행이다 싶다. 그 이후로는 어느 정도 클 때까지는 아빠와 놀이터 가는 일은 조심했다. 엄마들은 조심성이 많은데 아빠는 자유분방하게 키우고 싶어 한다. 그래서 아빠가 아이들과 노는 날에는 더욱 조바심이 난다.

딸을 먼저 키워보고 아들을 키워보니 성향이 너무나 다르다. 유난스레 움직임을 좋아하고 운동을 좋아하는 아들이라 잠시도 다른 곳에 시선을 둘수가 없다. 남편도 운동을 좋아하니 아들도 그대로 닮았다. 옛날 어른들이

"남자아이들은 아빠 없이 키우기 힘들다."라고 하더니 이런 부분도 포함된 듯하다. 내가 보기에는 위험해 보이는 일도 느긋한 마음으로 지켜보자고 한다. 자식 키우는 일에 정답이 어디 있을까? 아이들의 성향에 맞게 키울 수밖에 없다.

딸과는 성향이 다른 아들 녀석을 키우며 읽게 된 책이 있다. 최민준 작가 님의 『아들 때문에 미쳐버릴 것 같은 엄마들에게』 책에 이런 내용이 나온다. "요즘 아이들에게는 결핍이 결핍되어 있다. 무엇이든 해결해 주는 히어로 같은 부모님 슬하에서 나약한 아들이 자란다."

특히 엄마들은 자식이 조금 더 편하게, 빨리 모든 걸 잘 할 수 있게 만들려고 애쓴다. 다 그런 건 아니지만 아빠들은 조금 다른 것 같다. 남편의 육아 방식도 맞다는 생각이 들었다. 아들의 성장 동력이 되려면 위험하더라도 주변 환경에 많이 노출시키고 스스로 경험을 많이 하게 하는 게 맞다.

아들을 늦게 출산한 탓에 마음만 앞섰지, 체력은 항상 한계를 느낀다. 나를 대신해 아빠와 함께 시간을 많이 가질 수 있게 환경을 만들어주어야 할 것 같다. 휴일엔 아빠와 공원에서 공놀이도 하고 자전거도 타면서 자주 외출할 수 있게 말이다. 내가 사는 아파트에서 공원은 1분도 안 걸리는 거리에 있다. 그곳엔 운동 기구도 많다. 농구 골대, 배드민턴 네트 등 마음만 먹으면 이보다 좋은 환경이 없다.

우리 집은 날마다 조금씩 행복해진다

나는 밖에 자주 나가주지 못하는 만큼 아이에게 더 많은 사랑과 애정을 퍼부어 주려 노력했다. 그렇게 아이가 정서적으로 누구보다 안정된 아이로 자랄 수 있도록 했다. 아들 키우기가 쉽지 않지만 나도 아들 덕분에 배우는 게 많았고, 덕분에 내 마음도 넓어짐을 느낀다. 아이가 자라는 만큼 엄마인 나도 날마다 성장하고 있다.

마음이 힘들 때마다 나를 토닥이며 보듬어 준다. 나 아닌 다른 사람에게 베풀고 위로하며 잘해 주듯이 말이다. 내 마음에도 사랑의 마음을 분수처럼 퍼부어 보자. 스스로 용기 내기를….

4

아프고 나서 가장 많이 떠오르는 것은 친정엄마다. 엄마가 주신 큰 사랑은 돌아가신 지금까지도 생생하게 기억난다. 특히 마른미역을 물에 불릴 때마다 내 생일과 친정엄마가 생각난다. 내 생일은 구정 다음 날인 음력 1월 2일이다. 명절 다음 날이다 보니 친정으로 식구들이 모인다. 누구의 생일날에 이렇게 축하객이 많이 모일까? 생일 축하 케이크와 함께 많은 형제자매 조카가 모인다. 모두가 소중한 축하객이다.

내 생일 때마다, 친정엄마는 늘 미역국을 끓여 주셨다. 친정이라 편하다는 이유로 엄마가 미역국 끓이는 줄 알면서도 도와드리지 못했다. 시댁이었다면 절대 그러지 않았을 것 같은데 말이다. 지금은 도와드리고 싶어도 엄마가 안 계시니 미안한 마음만 가득하다.

'그때 내가 왜 따뜻한 미역국을 끓여서 엄마에게 못 드렸을까?' 나를 출산하느라 고생하셨을 엄마를 위해 내가 미역국을 끓여 드렸어야 했다. 나이가 들고 보니 친정엄마의 마음이 아주 조금이지만 헤아려진다.

나도 엄마가 되니 딸에게는 애틋함이 있다. 서울로 가 있는 딸이 한 번씩 내려올 때마다 뭐 맛난 거 한 가지라도 더 해주려고 애쓴다. 딸이 갈 때쯤이면 과일과 간식거리를 열심히 담아주는데, 그러다 보면 가방이 금방 넘친다. 친정에 갈 때마다 잔뜩 챙겨주신 그때 우리 엄마의 마음도 이랬겠구나 싶다.

친정엄마를 생각할 때마다 떠오르는 시집이 있다. 시인 심순덕 님의 『엄마는 그래도 되는 줄 알았습니다』이다. 그의 시에는 희생하는 엄마의 모습이 그려져 있다. 엄마는 찬밥 먹으며 대충 점심을 때워도, 아버지가 화내고 자식들이 속 썩여도 그래도 되는 줄 알았다는 시인의 시선이 그렇다. 지금은 친정엄마를 볼 수 없어 이 시가 더 와 닿는다.

모든 일은 지나간 후에야 후회가 된다. '어머니가 살아계실 때 잘해드릴 걸.' 후회해도 소용없는 일인 줄 알면서 말이다. 살아 계실 때 여행 한 번 제대로 모셔간 적이 없는 게 가장 마음에 걸린다. 부모님이 지금쯤 계신다면 얼마나 좋을까? 형편도 조금 좋아졌고 아이들도 컸으니 충분히 여행을 모시고 갈 수도 있는데 아쉬울 따름이다.

옛 어른들 말씀에 "자식은 부모 마음 100분의 1도 모른다.", "부모가 자식을 기다려 주지 않고 자식이 부모를 기다려 주지 않는다."라고 하더니 그런 것 같다. 가끔은 나도 내 자식에게 서운함이 느껴지는데, 우리 엄마는 얼마나 많이 느꼈을까? 이제야 알겠다. 부모님의 애틋한 마음을….

지금도 미역국을 끓일 때마다 그리운 엄마를 떠올려 본다. 이제는 아무리 그리워해도 볼 수 없는 엄마다. 그리 자상하진 않으셨어도 나에게 인내심도 많이 심어주셨고 강하게 키우셨던 것 같다. 무엇이든 혼자서 할 수 있는 힘을 길러 주셨다. 어릴 적에는 엄마 대신 일도 많이 해야 했고, 학교 다니면서도 집안일을 도맡아 할 때도 있었다. 그때는 참 야속했다. 지금 생각해 보면 감사함이 가득하다. 그래서인지 어떤 일이 닥쳐도 겁이 없다. 혼자서도 척척 해내는 게 엄마가 자립심을 많이 길러 주신 덕분이다.

까칠하게 말라 있는 마른미역을 물에 불리면서 이게 얼마나 될까 싶어도 불려보면 아주 조금의 양도 엄청 많이 불어난다. 감사하는 마음도 반복해서 하다 보면 물에 불린 미역이 늘어나듯이 생활 곳곳에 넘치게 스민다. 그 소중한 인생의 진리를 친정엄마의 사랑으로 배웠다.

우리 집은 날마다 조금씩 행복해진다

가
족
이
라
는

이
름
으
로

"살아계실 때 최선을 다하고 마음껏 사랑해 드리세요."
"양가 부모님 다 안 계시니 그리움이 가득하고 못 해 드린 일만 기억이 나네요."

부모님에 관한 이야기를 꺼낼 때마다 흔히 듣는 이야기다. 나이를 이만큼 먹어보니 새록새록 부모 마음이 헤아려진다. 우리 부모님은 팔 남매를 키우셨다. 맏이인 큰 언니와 막내 남동생은 23년 차이가 난다. 우리 엄마는 얼마나 오랫동안 자식들을 키우면서 자신을 희생했을까? 딸 다섯 명과 아들 세 명, 지금 시대는 상상도 못 할 정도지만 우리 엄마는 모두를 건강하게 잘 키워내셨다.

늘 듬직하고 속이 깊고 두루두루 챙기느라 늘 고생이 많은 큰 언니, 매사에 자신감 넘치고 활기차고 추진력이 강하고 경제적으로도 제일 앞서가는 씩씩한 둘째 언니, 좀 느려서 때론 답답하지만 마음 넓고 속 깊은 셋째 언니, 봉사 열심히 하면서 씩씩하게 살아가고 있는 막내 여동생, 모두 소중한 자매다. 자상하고 모두를 잘 챙기는 오빠, 법 없어도 살아갈 것 같고 남에게 조금도 싫은 소리 못하는 도덕 선생님 같은 첫째 남동생, 팔 남매의 막내면서 아들로서 막내인 자상하고 애교 있는 남동생 모두가 끈끈한 정으로 뭉쳐있다.

열 손가락 깨물어 아프지 않은 손가락이 없다는 말이 있다. 팔 남매 중 나를 바라보는 부모님 마음은 개중에서도 아마 많이 아프셨을 것이다. 면역 질환을 앓으면서 특히 눈 때문에 힘들어하는 내 모습을 바라볼 때마다 안타까워하셨다. 햇빛을 바라볼 때면 눈을 많이 찌푸리기도 했다. 양산을 들고 선글라스를 끼고도 힘겹게 한 발짝 내딛는 모습을 볼 때마다 얼마나 마음이 아프셨을까?

내가 몸이 약해서인지 둘째가 유산되고는 딸아이 한 명만 외롭게 키운다고 늘 안쓰러워하셨다. 한 명도 없는 집에 비하면 그것도 다행이고 감사한 일이지만 부모 마음은 안 그런가 보다.

그러다 13년 터울이지만 늦게나마 아들을 출산했을 때 좋아하셨던 부모님 모습은 지금도 눈에 선하다. 얼마나 반가워하셨는지 모른다. 나를 안쓰러워하셨던 마음을 훌훌 털어버리신 듯했다. 살아 보니 아주 조금은 알겠

우리 집은 날마다 조금씩 행복해진다

다. 부모의 마음이 어떤지….

부모님의 마음을 헤아려 볼 수 있는 사건이 또 있었다. 남편 회사에서 전기 일을 20년 동안이나 함께 해온 남동생이 몹시 아팠을 때다. 첫째 남동생은 어느 날 갑자기 모든 게 기억나지 않는다고 했다.

결혼을 안 하고 혼자 살고 있는 동생이 처음에 아프다고 했을 때는 혼자 고민했다. 갱년기인가? 알코올성 치매인가? 사방팔방 알아봤다. 한의원도 가보고 신경정신과도 가봤다. 보건소 치매 검사를 하러 갔더니 빨리 가서 MRI를 찍어 보라고 하셨다.

급히 신경외과로 가서 촬영했더니 뇌종양에 폐암 4기란다. 앞이 캄캄했다. 암이 깊어져서 급하니까 아산병원으로 연결해 가장 이른 날짜로 뇌종양 수술 날짜를 잡아 주셨다.

동생은 아산병원에서 급하게 뇌종양 수술을 받았다. 다행히 잘 되었다고 했다. 그럼에도 4기 암 환자라 수많은 항암에 감마 치료까지 힘겹게 투병하고 있다. 잘 버티고 있지만 옆에서 바라보니 하루에도 열두 번씩 마음이 무너진다. 그럴 때마다 부모님 생각이 간절하다. 아픈 동생을 바라보는 것만으로 이렇게 가슴이 무너지는데….

수도 없이 병원을 오가면서 아파했던 나를 바라보시는 부모님 마음은 어떠셨을까?

내가 아픈 동생의 보호자가 되어보고 아이들의 부모가 되어보니 대신 아파 줄 수도 없고 동동거리면서 애만 탈 뿐이다. 연세가 있으시니 내가 아플 때마다 일일이 와 보시진 못했지만 짠한 마음을 목소리로라도 충분히 느낄 수 있었다. 이제는 이미 다 고인이 되셨지만 지금쯤 살아 계신다면 마음먹은 만큼 더 잘해 드릴 텐데 안타까울 뿐이다.

쇼그렌 증후군을 앓고 나서 느끼는 것은 무엇보다 '가족'의 소중함이다. 나를 걱정해 주고, 위로해 주는 가족이 없었더라면 이만큼 버티기 어려웠을 것이다. 심하게 통증을 느끼는 날도 있지만 늘 아프기만 하는 것은 아니다. 가끔 언제 아팠나 싶을 정도로 컨디션이 좋기도 하다. 특히 가장 안 좋았던 눈 컨디션이나 시력이 좋아졌다고 느낄 때도 있다. 컴퓨터를 오래 보고 있어도 아프지 않을 때도 있으니까. 고통의 강도는 매번 다르지만 어떤 상황이든 나를 지켜준 것은 가족이었다.

눈이 좋아진 계기는 지금 사는 곳으로 이사를 오고 나서인 것 같다. 남편의 권유로 자연과 가까운 곳으로 새 터전을 잡았다. 주방의 창 너머로 보이는 푸른 들판을 하루에도 수없이 바라보게 됐는데, 그게 눈이 좋아진 첫 번째 이유가 아닌가 싶다. 또 다른 이유는 남편을 비롯한 가족들의 배려 때문이다. 친정과 시댁 식구들과 아이들도 내게 마음을 많이 써 준다. 가족들의 도움으로 면역 질환도 조금씩 좋아지고 있다. 지금은 이렇게 친정 식구들

우리 집은 날마다 조금씩 행복해진다

과 남편, 아이들이 부모님의 빈자리를 채워주고 있다. 가끔 가슴 쓰라린 일도 있지만 가족들 덕분에 하루하루 설레는 마음으로 살아간다.

～～～～～ 우리 집은 날마다 조금씩 행복해진다

6

몸
이

시
키
는
대
로

이십 때나 삼십 때에는 어떤 일을 하더라도 욕심껏 한꺼번에 하려고 애썼다. 내 체력의 한계는 생각지도 않았다. 말 그대로 닥치는 대로 했다. 이제는 다르게 생각한다. 마음이 시키는 일보다 몸이 시키는 대로 살아야 한다는 것을….

집안일은 한 가지 하다 보면 자꾸만 다른 일들이 눈에 들어온다. 청소기 밀고 마른빨래 정리하고 돌아서면 세탁기가 다 되었다고 신호를 보낸다. 눈에 보이는 곳마다 손이 간다.

옛날에는 커튼도 손으로 세탁했다. 무겁고 두꺼워서 종일 걸렸다. 그땐 왜 일을 나눠서 할 줄을 몰랐을까? 젊은 패기에 그 많은 집안일을 하루에 다하려고 했다. 이제는 일을 나누어서 하고 있다. 하루에 힘들면 이틀에 걸쳐서 하고 이틀이 힘들면 사흘에 걸쳐서 한다.

난 남에게 베풀기를 좋아한다. 내가 힘들어도 마음이 시키면 남을 위해서 무언가를 해 줘야 마음이 편했다. 아무리 힘든 일이라도 내 몸을 생각할 줄을 몰랐다. 친한 누군가가 아프다면 무언가를 해서 가져다주기에 바빴고 먹을 게 조금 생겨도 나누는 게 좋아서 내 시간을 기꺼이 내어주기도 했다. 돌아보면 이런 성격은 어릴 때 길러진 것 같다.

나는 시골에서 자랐다. 초등학교 다닐 때로 기억하는데 공동 우물에서 물을 길어와서 먹었다. 식구가 많다 보니 독 하나 가득 채워 놓아도 식수가 금방 줄어들었다. 집에 물을 길어다 놓는 큰 장독이 하나 있었다. 그 독에 물이 차 있지 않으면 불안했다. 독을 채워 놓는 일은 거의 내 몫이었다. 어머니는 어린 내게 힘들다며 그만하라고 하시기도 했다. 그래도 채워지기

전에는 그만두는 게 쉽지 않았다. 마음이 편치 않아 꼭 물을 채워 두었다.

20대 때에는 서울에서 생활했다. 어쩌다 고향 집에 내려가면 집안일 도우느라 친구들 만날 시간도 없었다. 동네 사람들도 집에 일하러 왔냐고 간만에 집에 왔으면 좀 쉬다가 가라고 하셨다. 그 성격이 아직도 내게 남아있어서 쉼을 잘 모르는 편이다. 이런 내 성격이 안쓰러운 딸이 나를 잠시 멈춰 서게 도와준다.

"엄마는 쉼을 너무 모르세요. 느긋하게 쉬어주는 것도 좋아요. 재충전도 되고요."

이제는 딸이 한 말의 의미를 안다. 참 많은 시간을 나를 돌아보지 않았던 것 같다. 몸이 아프고 난 뒤에 비로소 깨닫는다. 내가 나를 챙겨야 한다는 것을 말이다. 아무리 피곤해도 오늘 할 일을 내일로 미루지 못했다. 이제는 많이 달라졌다. 힘들고 지치면 모든 걸 다 접어두고 잠을 자기도 한다. 잠이 보약이라는 옛날 어른들 말씀이 괜히 있는 게 아니었다. 내 몸과 마음이 편해야 남도 도울 수 있다. '쉼'을 알려준 딸이 새삼 고맙다.

내가 있어야 남도 있다. 내 마음이 편해지려면, 몸의 신호를 들어야 한다. 그래야 몸이 편하다. 몸이 편하면 마음도 안정되고 일상도 탈이 없다. 정예원 작가님의 『살다 보면 그런 날도 있지』라는 책을 보면 반짝이고 소중한 순간을 보내는 몇 가지 팁이 있다.

"자주 하늘을 봐주고 날이 좋으면 걷기도 하라고 한다."
"볼을 스치는 살랑 바람도 느껴 보라고…."

난 산책을 좋아하고 사는 곳이 시골이라 눈만 돌리면 푸르름이 즐비하다. 자연을 가까이하다 보니 시력도 많이 좋아졌다. 지금은 노안이 와서 조금 불편하지만 말이다. 아들이 어릴 땐 앞 베란다에 돗자리 깔고 구름을 자주 올려다보고 동물 찾기 놀이도 많이 했다. 둥실 떠가는 구름을 보며 그림

우리 집은 날마다 조금씩 행복해진다

도 그리곤 했다.

그래, 파란 하늘도, 붉은 노을도 모두 내 몸이 편해야 들어오는 풍경이다. 내가 나를 챙기지 않으면 누가 나를 챙기랴. 이제 몸이 시키는 일을 하면서 살자. 건강은 몸을 단련해야 얻을 수 있고 행복은 마음으로 단련해야 얻을 수 있는 것이다. 이제는 진정으로 하고 싶은 일을 하면서 말이다. 끝없이 읽고 쓰는 삶으로….

〰〰〰〰〰 우리 집은 날마다 조금씩 행복해진다

7

　어느 날, 아들의 목뒤에 작은 덩어리 같은 게 만져졌다. 시간 나면 수술
해야지 하고 마음은 먹었지만, 자꾸 미루기만 했다. 이젠 좀 컸으니 방학
때 수술 날짜를 잡았다. 아들이 모낭종 수술하러 가는 날이었다. 아침 일찍
준비하고 병원에 갔다. 병원복을 갈아입고 혼자 수술실 들어가는 모습이
너무나 안쓰러웠다. 수술실 앞에 앉아 있는 마음이 자꾸만 두근거렸다. 마
음이 온종일 편하지 않다. 작은 수술이라고 하는데도 이리도 긴장이 된다.
수시로 병원에 입원했던 내 모습이 문득 머릴 스친다. 내가 수술실에 많이
들어가긴 했어도 수술실 앞에서 긴장하고 기다린 적은 거의 없었다.

　신장 조직검사 하던 날, 폐에 물이 차서 서울대 분당병원 앰뷸런스를 타
고 가던 날, 가족들이 얼마나 긴장했을까 싶다. 대상포진으로 몹시 아팠을
때도 있고, 그 외에도 수도 없이 아픈 날이 많았었기에 다 헤아릴 수가 없

다. 난 아파서 아무것도 몰랐지만 남편은 그때마다 얼마나 긴장했을까? 다른 가족들도 마찬가지로 얼마나 마음 졸였을까?

결혼한 지 30년이 지났건만 남편은 내가 자주 아프다고 한 번도 투덜거린 적이 없다. 늘 나를 짠하게만 생각한다. 가끔 지인들과 이야기하다 보면 부인들이 자주 아프면 남편들이 때론 투덜거리기도 한다던데…. 그래서 미안한 마음이 앞선다. 이 고마움을 어찌 갚아야 하나?

올해 초, 남편이 응급실에 실려 가는 일이 있었다. 새벽쯤 남편은 허리가 아프기 시작해서 옆구리까지 아프다고 그야말로 데굴데굴 구르다시피 했다. 어지간해서는 아프다는 소리도 잘 안 하는 사람인 데다가, 평소에도 잘 아프지 않았던 사람이라 얼마나 당황하고 놀랐는지 모른다. 도저히 못 참겠다고 119를 불러 달라고까지 했다. 급하게 가까운 병원 응급실로 갔더니 혈압도 높고 맥박도 빠르다고 했다. 소변 검사도 하고 이것저것 검사하더니 요로 결석이라고 했다. 응급 처치했는데도 도무지 좋아지지가 않았다. 남편은 도저히 못 참겠다고 요로 결석 전문 병원이 있는 원주로 간다고 했다. 그 새벽에 본인이 운전해서 원주로 가는데 얼마나 마음이 쓰였는지, 그 이후로는 남편에게 더 따뜻하게 잘 해주고 싶었다.

나는 얼마나 자주 이런 상황을 겪었나. 헤아릴 수도 없다. 그럴 때마다 얼마나 안타까워했을까? 지금 생각해 보니 우리 가족은 온통 나에게 집중이 되어 있었던 것 같다. 수시로 비상을 거니까 말이다. 내가 자주 아프다 보니 그동안 환자를 보는 가족의 마음을 헤아릴 수 없었다. 아들의 수술을 겪고, 또 남편이 응급실에 실려 가는 것을 보고 난 후에야 환자가 아닌 보호자로서의 마음도 편치는 않았겠다는 생각이 들었다.

그러면서 딸의 입장에서도 한 번 생각하게 되었다. 딸아이는 유독 자립심이 강하다. 큰아이였던 딸이 초등학교 6학년일 때에 동생이 태어났기 때문인 듯하다. 딸아이는 그때부터 모든 걸 스스로 했던 것 같다. 고3 때는 1년간 서울로 미술 학원을 다녔는데 그것도 모든 걸 스스로 알아보고 결정했다. 서울에 살면서 이사를 몇 번이나 했어도 큰 문제 없이 잘하는 걸 보면 대견하다. 그러면서 늘 하는 말이 있다.

"엄마 난 이제 다 컸으니, 동생이나 잘 챙기세요. 알아서 할게요."

엄마가 자주 아프니까 더 일찍 어른스러워진 것 같아 가끔은 마음이 짠하다. 환자가 아닌, 환자를 바라봐야 하는 가족의 마음을 헤아려 보니, 우리 가족이 대단하다는 생각이 든다. 그렇게 오랜 시간 아프며 살아온 나에게 지치거나 짜증 한 번 낸 적이 없으니 말이다.

아픈 가족이 있을 때 서로 지치지 않고 잘 이겨내는 방법은 뭘까? 생각해 봤다. 환자 자신의 마음가짐과 잘 이겨내겠다는 의지가 중요하다. 정신건강의학과 전공의 송가영 님은 잘 이겨내는 가족들은 어떤 점이 다를까를 살펴보았더니 몇 가지 공통점이 있다고 했다.

"늘 환자를 신경 쓰고 있다는 메시지를 주는 것이다. 걸음마 배우는 아기가 첫 발을 뗄 때 등 뒤에 있는 엄마의 존재처럼 엄청난 힘이 된다."

힘들겠지만 가족이 지치지 않고 환자를 보듬어 주는 게 중요함을 느낀다.
그랬다. 나 또한 늘 든든한 힘이 되어주고 따뜻한 위로가 되어주는 가족이 있었기에 더 건강해지려고 애썼던 것 같다. 가족의 힘으로 이만큼 건강해졌으니 감사하고 행복한 일이다.

우리 집은 날마다 조금씩 행복해진다

8

가
족
도 적
당
한

거
리
는 필
요
해

딸 친구 엄마와 오랜만에 통화를 했다. 알고 지낸 지 20년이 다 되어 가는데 늘 한결같다.

"오랜만이네요. 잘 지냈어요?"
"늘 그렇지 뭐."

서로의 안부를 묻고, 일상 이야기를 꺼내는데 뜨거운 냄비에 손가락을 덴 사고가 있었다는 이야기를 꺼냈다. 어쩌다가 그랬냐고 물어보니 자초지종을 말한다. 딸아이가 스파게티 해 먹는다고 작은 냄비를 올려놓았길래 큰 냄비로 바꿔 주려고 했단다. 큰 냄비를 올리려다가 그만 옆에 있는 냄비에 손이 데었다고 했다. "딸아이가 많이 미안해했겠네요."라고 말했더니 오히려 잔소리만 했다며 볼멘소리를 했다. 그 친구의 딸은 스파게티 면을 반으로 잘라서 끓일 생각으로 작은 냄비를 올려놓았단다. 알아서 잘 끓여 먹을 텐데 뭐 하러 그걸 만졌느냐고 되레 잔소리만 들었다고 했다.

순간 나를 돌아보았다. 나도 딸아이와 사소한 간섭으로 인해서 다툰 적이 한두 번이 아녔다. 딸은 타지에 있다가 한 번씩 내려오면 늦게까지 잠을 안 자는 편이다. 그 때문에 온 식구가 잠을 설치곤 한다. 자식이 성인이 되면 따로 사는 게 좋다는 말은 진리다. 가족 간에도 적당한 거리가 필요하기 때문이다.

성인이 된 딸이야 그렇다고 치고 고등학생 아들은 더욱 간섭이 심해진다. 지난 8월 아들이 방학해서 집에만 있으니 보고 있는 나도 마음이 편치 않았다. 물론 알아서 계획한 대로 잘 실행하긴 하지만 때로는 과하다 싶을 정도로 웹툰만 보고 있기도 했다. 결국 참다가 한마디 넌지시 건넸다.

"웹툰을 많이 보는 건 아니니?"
"얼마 되지 않았어요. 잠깐 보고 있어도 엄마가 보시면 긴 시간으로 느껴지시나 봐요."
"그래, 알아서 잘하는데도 그런 생각이 드는구나. 조금씩만 줄여서 했으면 좋겠네."

우리 집은 날마다 조금씩 행복해진다

아들의 이유 있는 항변에 얼버무리고 말았다. 아들은 초등학교 1학년 입학하면서부터 고2인 지금까지 아침에 한 번도 깨워준 적이 없을 정도로 자립적이다. 알람 시간을 딱 맞춰 놓고 스스로 알아서 잘 일어난다. 뭐든 혼자서 할 수 있는 힘을 길러 주는 게 부모의 몫이 아닌가 싶다. 나도 엄마인지라 간섭하지 않는 게 쉽지는 않지만 아이 스스로 판단하고 결정하도록 지켜봐 주는 편이다. 모든 인간관계엔 적당한 거리가 필요하다. 그것이 가족이라도 말이다.

우리는 눈을 뜨고 하루를 시작함과 동시에 관계 맺기 시작한다. 특히 가족은 세상에서 가장 가까우면서도 먼 사이라 거리 두기가 쉽지만은 않다. 좋을 땐 한없이 좋다가도 작은 일이라도 사사건건 간섭하게 되고, 가족이니까 막말도 쉽게 하게 된다. 이게 아닌데 하면서도 말 한마디도 많이 생각 안 하고 툭 내뱉게 된다.

코로나 때 긴 시간 집에서 지내는 시간이 많아지면서 모두가 지쳐 예민할 때가 있었다. 하지만 우리 가족은 서로에게 힘이 되는 말을 자주 하며 서로를 존중했다. "사랑해.", "힘내.", "잘했어.", "멋지네.", "넌 할 수 있어.", "용기를 내 봐." 이런 말들을 자주 하면서 가깝지도 멀지도 않게 손을 뻗을 수 있는 거리를 유지했다. 그러면서 어려운 시기를 잘 견뎌낼 수 있었다. 집안에 아픈 사람이 있으니 서로 예민하고 짜증 나기 쉽다. 내가 자주 아프니 서로 민감하게 반응하며 마음 상할 가능성이 컸다. 그런데도 우리 가족은 '거리 두기'로 잘 이겨 낼 수 있었다.

가족은 인간관계에서 가장 기본이 되는 관계다. 그래서 항상 조심하게 된다. 한 유튜브 강의에서 한양대학교 대학원 박상미 교수가 인간관계에서 주의해야 할 말을 강조한 적 있다.

1. 단정 짓기: "그럼 그렇지!", "그럴 줄 알았어!", "뻔하지!"

2. 후벼 파기: "도대체 왜 그런 거야?", "이해가 안 돼. 어떻게 그럴 수가 있어?"

3. 무시하기: "그걸 몰라?", "이것도 못 해?", "그것도 없어?"

4. 비아냥거리기: "네가 웬일이야?", "해가 서쪽에서 뜨겠다!", "뭐 잘못 먹었어?"

문득 나를 돌아보면서 나는 어떤 말을 주로 하며 자식을 키웠나? 인간관계에서 저런 말을 하지는 않았나? 반성하게 된다. 모두 거리를 침범하며 하는 말들이다. 말 한마디, 행동 하나가 얼마나 많은 영향을 줄지 항상 한 번 더 생각하는 자세로 살아야겠다. 그것이 가족이라면 더욱 그렇다.

우리 집은 날마다 조금씩 행복해진다

3
장

가족이란 울타리 속에서

자라는 행복

쇼그렌 증후군 진단을 받고는 건강을 위해서 마라톤과 등산 산책 등을 꾸준히 했다. 헬스나 수영도 좋지만, 마라톤은 언제 어디에서나 큰 준비 없이 시작할 수 있어서 좋다. 시간이 흘러 긴 코로나도 끝나고, 중단되었던 마라톤 대회가 다시 열렸다. 설레기도 하고 두렵기도 했다. 골다공증도 조금 시작되었다 하니 뛰는 게 무리일까? 하는 생각도 들었다. 빨리 뛰는 게 목적이 아니고 완주가 목표니까 부담 없이 하기로 마음을 먹었다.

3년 만에 처음 떠나는 마라톤이었다. 가까운 안동에서 하는 거라 조금은 여유 있게 7시쯤 출발해야 했다. 6시에 일어나 아침을 먹고 물과 커피, 과일을 조금 챙겨서 부랴부랴 집을 나섰다. 모처럼 나서는 운동 여행이었다. 설레는 마음도 앞섰다.

마라톤은 그 지방의 특색이나 다양한 볼거리, 먹을거리가 있어서 더 신나고 재미난 행사다. 하지만 그때는 코로나가 완전히 종식되지 않았을 때 열렸던 행사였다. 먹거리는 없고 간단하게 빵이랑 음료를 줬는데, 이게 간식이었다. 기념품은 메달과 티였다. 설레는 마음으로 안동 종합운동장에 도착하니 전국에서 삼삼오오 짝을 지어 엄청 많은 인원이 와 있었다. 조금만 늦었어도 주차하기도 힘들었을 것이다.

오랜 시간 움츠려 있었던 몸과 마음을 마라톤을 통해 활짝 펼치려 했다. 마라톤 덕분에 하루를 마음껏 뛰고 즐기고 기분 전환을 할 수 있어서 좋았다. 준비 체조 시간에는 보통 생활체육회에서나 에어로빅하시는 분들이 한바탕 신나게 몸을 풀게 지도해 주신다. 이렇게 일찍 전국 곳곳에서 부지런히 준비해 이 자리에 함께 서 있는 것만으로도 대단한 일이다. 아주 가끔은 가수들도 나와서 노래도 신나게 불러준다.

약간은 흐린 가을 하늘에 폭죽이 울려 퍼졌다. 초등학교 운동회라도 하는 듯 풀코스가 제일 먼저 출발하고, 10km, 5km는 10분 간격으로 출발을 시킨다. 출발 선상에 서면 두근거리는 마음은 초등학교 때나 지금이나 별다를 게 없다. 진행하시는 분의 신나는 목소리와 유머 있는 이야기는 늘 나를 기분 좋게 만든다.

풀코스가 출발할 때는 "마라톤의 꽃은 풀코스다."라고 하고 하프 코스가 출발할 때는 또 하프가 꽃이라고 한다. 과연 마라톤의 꽃은 몇 km일까? 내

우리 집은 날마다 조금씩 행복해진다

가 생각하는 마라톤 코스의 가장 적절한 거리는 10km가 아닐까 싶다.

처음에 출발할 때는 내리막길이더니 갈수록 오르막 내리막 반복이었다. 그래도 풍악이 울리고 응원단의 응원을 받으니 힘이 났다. 마라톤 대회 하는 날은 그 지역의 축제 날이 되기도 하는 듯하다. 오가는 시민들이 손도 흔들어 주시고 음성 높여서 잘 뛰라고 응원해 주신다. 어느 정도 제한 시간 내내 교통 통제는 완벽하게 이루어진다.

생각해 보면 마라톤을 시작한 지는 참 오래되었다. 큰아이 7~8세쯤부터 시작했으니 거의 20년이 넘었다. 물론 중간에 사정상 못 다닌 때도 있었지만, 아들이 태어나기 전엔 나와 딸아이는 5km, 남편은 10km, 하프(21.0975km), 풀(42.195km), 골고루 뛰면서 다녔다.

딸아이가 커서 서울로 대학을 간 후에는 늦둥이 아들과 함께 다녔다. 아들은 아침 일찍 일어나 멀리 마라톤 갈 때는 별로 좋아하지는 않는다. 새벽에 일찍 일어나는 게 힘이 들어서이다. 그래서 친한 친구 한 명을 그 전날 데리고 와 재우고 함께 마라톤을 가면 친구와 놀면서 가니까 신나게 다닐 수 있었다. 그러면서 조금씩 늘려서 10km를 뛰기도 했다. 아주 힘들 것 같았지만 도전을 하니 또 해낼 수 있었다. 가족이 함께할 수 있어서 더욱 힘이 났다.

마라톤은 특별히 준비할 게 별로 없다. 그야말로 건강한 몸과 편한 운동화만 있으면 그만이다. 거기에 건강은 덤으로 챙긴다. 도전하는 경험도 생기게 하는 점에서는 마라톤이 참 좋게 느껴진다.

거의 매주 전국 각지에서 마라톤 행사가 있다. 한 달에 두어 번만 다녀도 1년이면 20번이 넘는다. 가족이 함께할 수 있어서 좋고 남편과 취미가 같다 보니 아이들이 커서 다 떠나도 외롭지 않게 지낼 수 있다. 휴일이라고 늘어져 있지 않아서 건강을 더 잘 챙길 수도 있다. 또 다른 마라톤을 가기 위해 열심히 산책하게 된다. 휴일은 시간만 나면 남편과 함께 걷다가 뛰기를 반복한다. 가족이 함께 여행 삼아 다니면서 건강을 위해 하는 마라톤. 우리는 마라톤 하는 가족이다.

우리 집은 날마다 조금씩 행복해진다

2

오
늘
을

잘
살
기
위
해

요즘같이 바쁜 현대 사회는 가족이 다 같이 만나는 것이 쉽지 않다. 더군다나 연말 연초에는 가족 모두 바쁘다. 하지만 우리 가족은 9~10년 전부터 가족끼리 함께 연말 연초를 보내기로 했다. 우리는 한 해의 마지막 날 뉘엿뉘엿 지는 해를 바라보면서 그 해를 마무리한다. 동시에 새해 일출을 보러 어디로든 떠날 때가 많다. 산이나 바다든 상관없지만 주로 바다로 떠난다.

가족이라 해야 네 식구다. 남편과 나, 딸아이와 아들이다. 딸과 아들이 나이 차이가 나니까 시간 맞추기가 어렵다. 딸아이는 31살, 어엿한 늦둥이 아들은 이제 고2, 각자가 긴 시간 홀로 자라서일까? 남매간의 정이 그리워서일까? 지금도 만나면 뭐 그리 할 말이 많은지 시간 가는 줄도 모르고 대화한다. 장난치고 신나게 놀 때도 있다. 누나와 나이 차이가 크니 조금 어려워하기도 하지만 둘이 잘 논다. 내가 살면서 가장 잘한 일은 서로를 남매로 살아가게 해 준 것이다. 마흔 넘어 아들을 낳아 힘들긴 했지만 아이들을 생각하면 후회 없다.

작년 연말 여느 때처럼 가족끼리 새해 일출 보러 가기로 했다. 서울에 살고 있는 딸이 제천으로 내려와 함께 가기로 했지만 딸과 시간이 맞지 않았다. 우린 제천에서, 딸아이는 서울에서 속초로 고속버스 타고 바로 오기로 했다.

눈이 많이 내려서 차가 많이 밀렸다. 밤 11시는 다 되어서 도착한 딸아이는 많이 피곤해하면서도 아들과 수다 삼매경에 빠졌다. 남매끼리 대화하는 모습은 언제 봐도 기분 좋다. 딸이 좀 더 일찍 도착하면 일몰도 보면서 여

　　　　　　　　　　　우리 집은 날마다 조금씩 행복해진다

유롭게 시간을 보낼 수 있었지만 늦게라도 와 준 딸이 고맙다. 늦은 밤이었지만 멀리 바다가 보이는 숙소에서 와인 한잔하면서 또 새로운 1년을 계획했다.

다음 날 새벽에 일출을 보러 나가려면 좀 일찍 자야 하는데 마음처럼 쉽지 않다. 간만에 가족이 함께하니 잠이 오지 않았다. 가족끼리 도란도란 이야기를 나누다 새벽녘에야 잠을 이룰 수 있다. 늦게 잤어도 아무리 추워도 새벽엔 일찍 일어나야 한다. 힘들어도 그 모든 것을 이겨내고 발을 동동 구르면서 동쪽 하늘에 시선을 멈추고 있다. 그 순간만큼은 세상에서 가장 행복한 부자가 된 듯한 느낌이다.

세상 어디에나 해는 뜨지만 경건한 마음으로 한해의 첫 일출을 보는 걸 안 해본 사람은 모를 거다. 붉은 해가 둥실 떠오르기까지의 변화되는 동녘 하늘의 기적을….

새벽 바다는 귀한 풍경을 선물한다. 갈매기가 파도를 가르며 쉼 없이 떼 지어 난다. 조업을 나가는 배들은 뱃고동을 울리며 부산하다. 부둣가에서 많은 사람들이 새해 첫 일출을 보겠다고 시린 발을 동동거리면서 동이 트기를 기다리는 풍경이 정겹다. 이글거리는 태양이 바다의 일렁임에 서서히 올라올 땐 마치 둥근 비치볼 하나를 누군가가 쏙 밀어 올리는 느낌이다. 잠깐만 시선을 돌리면 순식간에 떠오르는 태양. 이런 걸 '찰나'라고 하는가 싶다.

〜〜〜〜〜〜 우리 집은 날마다 조금씩 행복해진다

한 해를 마무리할 때는 잘 살아낸 나에게 칭찬의 박수를 아끼지 않는다. 저물어 가는 태양을 보면서 안 좋은 일들을 세찬 파도에 흘려보낸다. 새로운 한 해를 시작할 때는 이글거리는 태양의 빛을 보며 가족 소망을 위해 숙연한 마음으로 기도해 본다. 1년 중 우리 가족이 함께할 수 있는 유일한 시간이 일출 가족 여행이다. 늘 바쁘니까 여름에 휴가 한번 제대로 못 가지만 매년 연말에는 꼭 가족 여행을 간다. 짧은 여행이지만, 그 여행으로 오늘도 힘차게 살아갈 수 있는 힘을 얻는다. 아무리 힘든 일이 있어도 쓰러지지 말고 오뚝이처럼 스스로 일어나기를 희망해 본다.

우리 집은 날마다 조금씩 행복해진다

3

태
양
처
럼

빛
나
는
존
재

가정을 꾸려 나가는 일이 쉽지 않다. 희생정신 없이 가족이 만들어지지 않는다. 가정은 하나의 기업이다. 스스로 빛이 나도록 다독이면서 때로는 서로가 참기도 해야 한다. 요즘 이삼십 대 젊은 세대들이 결혼을 생각하지 않는 이유는 여러 가지가 있겠지만 결혼보다 일을 우선하기 때문인 것 같다. 젊었을 때는 혼자가 좋겠지만 나이 들어서는 내 편이 있어야 한다. 가족은 나를 지켜주는 든든한 지원군이다.

결혼의 적령기가 따로 있겠나? 내가 가야겠다는 그 마음이 우러나면 때가 아닐까 싶다. 하지만 출산이라는 문제가 있어서 조금 더 일찍 한다면 좋지 않을까? 난 30살에 결혼해서 31살에 딸아이를 출산하고 늦둥이인 막내 아들을 44살에 출산했다. 그러다 보니 예순을 바라보는 이 나이에도 나는 아이 양육에 관여하고 있다. 가끔 힘에 부치기도 하지만 나이가 들수록 가족에 대한 소중함은 절절히 다가온다.

얼마 전 짧은 영상을 하나 봤다. 과거 개그맨으로 활동하다 사업가가 된 주병진 님의 인터뷰였다. 그의 이야기만 들어봐도, 나이가 들어 가족이 없는 것이 얼마나 서글픈 일인지 알 수 있다.

"몸이 아파서 병원에 갔더니 보호자를 데려오라고 했다. 결혼하지 않았으니, 가족이 없다. 그래서 보호자가 없어서 쓸쓸하다. 젊었을 때는 모르지만 나이를 먹어보니 가족이 꼭 있어야겠더라. 젊은이들에게 하고 싶은 말이 있다. 적당한 시기에 결혼해서 꼭 가족이라는 내 편을 만들었으면 좋겠다."

맞는 얘기다. 나도 나이 서른이 넘은 딸아이가 서울에서 내려왔다가 혼자 올라가는 뒷모습을 보면 이제는 짝이 있으면 좋겠다는 생각이 든다. 겉으로는 조심스러워 말을 못 하지만 가족이라는 울타리가 있어야지 든든하다. 딸아이 말로는 대학 때 친구들도 결혼한 친구가 거의 없다고 한다. 바쁘게 일하다 보니 여건도 안 되었지만 결혼하고자 하는 마음들이 없는 것 같다. 몇 년 동안 코로나로 인해서 사람 만나는 기회가 없어서 더 그런 것 같기도 하다.

젊고 건강할 때는 가족에 대해 깊은 감사를 못 느낀다. 몸이 아프거나 마음이 아플 땐 가족이란 울타리가 얼마나 소중하고 귀한 것인지 안다. 나는 아플 때마다 가족이 있어 얼마나 감사한지 모른다. 그런 마음이 강해서 그

우리 집은 날마다 조금씩 행복해진다

런지 가족을 알뜰히 잘 챙기게 된다. 말도 살갑게 하고 가족들과 대화도 자주 나누는 편이다. 어느 날 저녁을 먹으며 가족들과 대화하고 있는데 갑자기 아들이 질문 하나를 한다.

"엄마 아빠는 꿈이 뭐였어요?"

남편은 어릴 때부터 기술자가 꿈이었다고 한다. "그럼, 아빠는 꿈을 이루셨네요." 전기기술자인 남편은 결혼하기 전이나 결혼하고도 외국에 출장을 자주 다니곤 했다. 전기에 관한 폭넓은 지식과 기술을 끊임없이 연구한다. 시대가 변하는 만큼 거기다 발맞추어서 PLC, HMI 등 새로운 기술을 도입하여 발전해 왔다. 벌써 사업한 지 25년이 넘었다. 밤낮없이 일하면서 언제 어디서 비상이 걸려도 무조건 달려간다. 워낙 성실하니 이제는 모두가 신뢰한다. 나이가 있어서 가끔은 힘에 차 버거워하지만 정신력과 마라톤으로 다져진 건강으로 아직은 잘 버텨내고 있다.

"엄마는 성우, 작가, 국어 선생님."

남편의 답에 이어 내가 말했다. 나는 90년대 『우리문학』이란 계간지를 통해서 신인 수필가로 등단했다. 하지만 일상에 치이다 보니 많은 글을 쓰지는 못했다. 다시 시작한 글쓰기 공부로 조금씩 성장하고 있다. 아직은 완벽하게 이루진 못했어도 지금은 꿈을 위해 도전 중이다. 작게나마 공동 저서 『독서로 나를 디자인 하라』를 출간하면서 작가라는 꿈에 한 발짝 더 다가갈 수 있었다.

아들이 던진 '부모의 꿈' 질문에 갑자기 아들이 유치원 다닐 때 일이 생각났다. 아이들의 발표회가 있던 날, 유치원에서 아이들 모두에게 각자의 꿈을 얘기하는 걸 인터뷰한 게 있었다. 다른 아이들은 경찰관, 군인, 교사, 예술가 등을 얘기하는데 우리 아들만 전혀 다른 소리를 했다. "아빠 엄마 제 꿈을 끝까지 응원해 주세요." 그때는 어려서 구체적으로 얘기할 줄을 모르더니 이제는 말한다. "아직은 확실하게 정해지진 않았지만, 애니메이션 작가가 되고 싶기도 하고, 아빠처럼 기술자도 되고 싶다."라고 한다. 우리 부부는 아들의 유치원 때 꿈처럼 그의 꿈을 응원하고 있다.

가족이 있으면 가족이 자신의 꿈을 단단하게 지지해 준다. 든든한 지원군이 있다는 것을 느끼기만 해도 힘이 넘쳐난다. 우리는 각자 꿈을 위해서 부지런히 노력한다. 서로에게 힘이 되는 따뜻한 말로 응원해 주는 우리 가족은 태양처럼 빛나는 가족이다.

4

『안녕, 나의 모든 하루』 김창완 님의 에세이에 인상적인 부분이 있다.

"행복은 어디에 살고 있을까?"

"행복이 사는 주소를 알려드리고 싶어서 한참 조사해서 드디어 알아냈습니다."

"지금 여러분이 사시는 곳이 바로 행복이 사는 주소라더군요."

짧은 글귀이지만 많은 것을 생각하게 한다. 지금 이 순간 내가 몸담은 곳, 함께 있는 사람, 내가 있는 장소, 모든 게 행복으로 와닿을 때가 있다. 어떤 상황에서도 생각만 전환할 수 있다면 말이다. 몸과 마음이 힘들어서 쓰러질 것 같은 순간에도 가족을 생각하면 힘이 솟는다고 한다. 그 어떤 관계가 이렇게 강렬하고 *끈끈할까?*

각자의 위치에서 바쁘게 살아가지만 가족 단톡방에 서로에게 용기를 주는 따뜻한 응원과 위로의 말들이 있어서 오늘을 살아갈 힘을 얻는다. 가족 모두가 건강하다면 그것만큼 감사한 일도 없다. 가정에 누구 한 사람 아픈 사람이 있으면 온 식구가 비상이다. 감사와 만족이 있는 가정은 어떤 재물보다도 값지다.

우리 부부는 결혼한 지 30년이 넘었는데, 단 하루도 빠짐없이 출근길 현관에서 뽀뽀와 포옹을 해준다. 오랜 시간 해오던 거라 안 하면 오히려 어색하다. 아이들도 물끄러미 바라보며 흐뭇한 표정이다. 안정감을 주는 것 같아서 참 좋다. 동시에 이런 것이 사소하지만 일상의 행복 같다는 생각이 든다.

행복은 누가 만들어주지 않는다. 마음속에 꼭꼭 숨겨둔 채 느끼지 못하면 행복은 없다. 작은 것에도 감사하고 긍정적인 마음으로 살아갈 때 행복은 방울방울 맺히는 것이다. 순간순간 사소한 행복을 자주 느끼는 사람만이 행복한 사람이다.

늦둥이 아들은 어릴 때부터 엄마가 자주 아파서인지 아이지만 애어른 같다. 그래도 남편의 눈엔 늦둥이가 아이 같게만 보이는지 어릴 때부터 유난히 아끼고 사랑했다. 아들이 어릴 때, 평생 장난감을 사주겠다는 약속도 했다. 부모가 보기엔 아들이 아무리 나이가 들어도 애들 같다고 하더니만 남편이 꼭 그런 마음인가 보다. 아들은 유난히 레고나 건담을 좋아해서 지금도 가끔 사주기도 한다. 얼마 전 어린이날이 다가오자 아이 아빠가 고등학생이 된 아들에게 물었다.

"어린이날 선물은 뭐 사줄까?"
"저는 됐어요. 엄마가 팔목이 아프다고 하시니 식기 세척기나 사드리세요."

엄마를 생각해 주는 마음이 기특하다. 자식 키우는 일이 힘들기도 하지만 자식으로 인해 위로받고 용기를 얻을 수 있는 순간도 많다. 어느새 훌쩍 커서 바쁜 아빠 일을 도우러 방학인데도 일찍 일어나 아르바이트를 가는 아들이 기특하다. 뒷모습이 얼마나 대견한지 모르겠다. 힘들어서 하루만 하고 안 한다고 할 줄 알았는데 힘들다 하지 않고 꾸준히 나가고 있다. 남편도 흐뭇한 미소로 흡족해한다. 다양한 경험을 해 보는 것이 좋기에 아들에게 많은 경험을 시키고 있다. 아들이 방학이라고 늦잠 자고 게임이나 하고 집에 있는 것보다는 아르바이트하는 것이 산 교육이라고 생각한다.

살아 보니 안 해보는 것보다 이것저것 많이 해봐서 자기 적성에 맞는 것을 찾아 나가는 것도 '행복'을 찾아가는 방법이다. 뭐든 도전하고 실패도 해보고 다양한 경험에서 얻은 산 지식이 인생에 많은 보배가 되길 바란다. 가끔은 넘어지고 다치기도 하겠지만, 가족 간에 서로 힘이 되어주면 된다. 서로 응원하면 도전하지 못할 일도 없다. 가족 사랑은 언제나 나를 지탱하는 지지자이자 행복 머신이다.

~~~~~~~~~   **우리 집은 날마다 조금씩 행복해진다**

5

"마라톤은 나에게 부작용 없는 약과 같아요. 언제나 울적할 때 달리면 웃으며 집에 올 수 있었으니까요. 늙었다고 주저하지 말고 당신이 원하는 것이라면 도전해야 해요."

미국의 최고령 여성 마라토너 페냐 크라운의 말이다.

내가 마라톤한다고 하면 다들 깜짝 놀란다. 몸도 아프면서 어떻게 마라톤을 하느냐고 의아해한다. 사실은 아프기 때문에 운동을 더 열심히 하려고 노력하는 거다. 나이 들어서 아프지 않기 위해서는 운동이 최고이기 때문이다. 마라톤에서 5km는 나에게 부담되는 거리가 아니라서 딱 좋다.

큰아이가 어릴 때부터 가족이 함께 마라톤을 시작했다. 그러고 보니 20년은 넘은 것 같다. 아이들 어릴 때 하는 마라톤은 5km로도 충분하다. 함께 어딜 나들이 간다고 생각하며 가기도 한다. 서로에게 용기와 힘을 주면서 무언가를 끝까지 해내는 힘을 길러낸다고 생각하면 이보다 좋은 것도 없다. 천천히 뛰어도 완주가 목표면 된다. 멀리 가야 하는 날은 좀 일찍 서둘러야 한다. 일어나는 게 힘들어서 안 가려고 할 때도 있다. 하지만 그 장소에 도착하면 신나서 달리게 되고, 그 자리에서 아이들과도 잘 어울리게 된다.

늦둥이 아들이 6~7세쯤이던가? 강릉 경포대 마라톤에 갈 일이 있었다. 그곳에서 아이들 또래를 만났다. 그 아이들과 함께 뛰니 우리 아들도 신이 났는지 평소보다 더 잘 뛰었다. 오가는 어른들이 "어머나, 어리지만 너무 잘 뛰네. 힘내서 잘 뛰어."라고 한 말씀 해주면 어깨가 으쓱해지고 신나서 더 열심히 뛴다.

끝까지 뛰고 나서 행사장에서 주는 간식들을 먹고는 아빠와 바다에서 한바탕 신나게 노는 재미도 빼놓을 수가 없다. 모래성 쌓기 놀이, 파도타기 놀이, 조개 잡기 등 늘 바빠서 놀아줄 시간이 없지만 이날만큼은 아들과 마음껏 함께한다. 입술이 새파래지도록 신나게 놀고 나면 마라톤 따라오길 잘했다는 생각이 든다고 한다.

아들은 어릴 때부터 운동 신경이 있는 건지, 운동을 좋아하는 건지 몰라도 몸을 움직이는 것을 좋아했다. 어린이집에서도 텀블링을 많이 하고 다녀서 원장님이 팔목 다칠까 봐 걱정을 많이 하셨다. 거리에 나갈 때도 걸어

우리 집은 날마다 조금씩 행복해진다

다니는 법이 없다. 얼마나 빠르게 뛰어다니는지 어디로 튈지 몰라서 늘 불안했다. 그랬던 아이는 이제 어느새 점잖은 고등학생이 되었다. 학업을 할 시기이기도 하지만 예전만큼 돌아다니는 것을 좋아하지 않는다. 이제는 함께 마라톤을 가자면 시간도 잘 맞지 않아서 안 가려고 한다. 그래도 아이들이 어릴 때 꾸준히 연습한 마라톤이 나이 들어보니 추억도 되고 참 좋다. 내게는 취미였지만 건강에도 도움이 된다. 게다가 가족과 함께할 수 있는 운동이니 더 많은 시간을 함께할 수 있어서 행복하다.

아이들이 어느 정도 크면 함께할 시간이 점점 줄어든다. 나이 들수록 부부와 함께하는 시간이 길어진다. 서로에게 맞추어서 꼭 한 가지의 취미라도 함께할 수 있으면 노후가 든든할 것이다. 꼭 금전만이 노후 준비가 아니다. 시간을 어떻게 보낼까 준비하는 것도 멋진 노후 계획이다.

별 준비 없이 운동화 한 켤레만 신고 집만 나서면 마라톤을 할 수 있다. 한여름 빼고는 어디라도 훌쩍 마라톤을 떠나는 계획을 세운다. 거리가 가까우면 더없이 좋다. 다가오는 가을엔 가까운 충주 마라톤을 시작으로 여기저기 마라톤을 하면서 건강을 다져야겠다. 가족이 함께할 수 있는 운동이 있다는 게 얼마나 다행이고 축복인지 모른다. 함께 운동하면서 추억도 많이 쌓고 건강도 챙길 수 있으니 더없이 즐겁다. 전국을 돌면서 함께 마라톤을 하다 보니 어느새 나는 건강과 가족 돌봄이라는 두 마리 토끼를 잡게 되었다. 이런 것을 일거양득이라고 하지!

우리 집은 날마다 조금씩 행복해진다

6

다
시
시
작
할

용
기
가
주
어
진
다
면

큰아이를 어느 정도 키우고 난 후, 환경대학에 들어가서 환경 연합회도 가입하고 환경 공부를 했다. 생태 탐방도 다니고 환경에 대한 체험도 많이 하고 다녔다. 주부 대학에 들어가서 도예를 배우기도 했다. 한때는 토화 공방에 다니면서 아이들도 조금씩 가르쳤다. 이것저것 가리지 않고 배움의 기회를 놓치지 않았다. 사군자, 수지침, 독서 지도사 등을 배우고 다니던 중 늦둥이가 생겨서 다 그만두고 10년간 아이 키우는 일에만 집중했다. 만약 그때 하나라도 꾸준하게 배웠다면 어땠을까? 생각해 본다. 한 분야를 정해 계속 공부했으면 지금쯤 사회에 많은 영향을 끼칠 수 있었을 것이다.

하지만 한편으론 그때 아이 양육에만 집중한 것이 잘했다는 생각도 한다. 아장아장 걸어 다니는 아이를 볼 때마다 체력은 힘에 부쳐도 마음은 젊어지는 듯했다. 아이가 어린이집 다닐 때나 초등학교 입학하는 모습을 볼 때면 설렘과 뿌듯함은 뭐라고 형용할 수 없을 만큼 컸고, 그게 나에겐 큰 힘이 되었다. 일하며 커리어를 키우는 것도 중요하지만 아이를 키우는 것, 그리고 아이가 커 가는 모습을 보는 것 또한 중요한 삶의 이유가 된다.

아들이 초등학교 저학년이 될 때까지는 정신이 없었다. 그러다 3학년이 되면서부터는 하교 시간이 점점 늦어졌다. "나도 뭔가를 해볼까?" 막상 하려고 하니 할 일을 찾는 것이 쉽지 않았다. 그때 마침 남편이 운영하는 회사에서 경리를 보시던 분이 그만둔다는 이야기를 들었다. 그때 내가 한번 해보고 싶다는 생각을 했다.

경리 일을 해본 적도 없고 배운 적도 없는데 할 수 있을까? 의문이 생겼다. 법인이다 보니 회계일도 쉽지 않을 것 같다. 내가 사회와 단절된 시간이 10년이나 넘었는데 다시 적응할 수 있을까? 남편은 썩 달가워하지 않았다. 아이 키우면서 취미 생활이나 하지 새삼 무슨 일을 하려고 하냐고 했다. 남편의 말도 일리가 있어서 몇 날 며칠을 고민했다. 아무리 고민해도 시원한 답이 나오지 않았다. 그때 사업을 30년 해본 둘째 언니에게 조언을 구했다.

"나이 쉰둘이면 한창 일할 수 있는데 한 번쯤 도전해 보는 게 좋지 않을까? 정말로 힘들면 그때 그만두더라도."

　　　　　　　　　　　　　우리 집은 날마다 조금씩 행복해진다

그 말에 힘을 얻고 다시 일주일을 고민했다. 10년 정도 안 했던 운전도 다시 해야 하고 경리 일을 한 번도 해 본 적이 없으니 두려움이 몰려왔다. 그래도 과감하게 도전해 보기로 했다. 막상 마음을 정하고 나니 잘해 낼 수 있다는 자신감도 생겼다. 역시 고민은 선택과 함께 사라진다.

그렇게 일을 시작한 지 벌써 많은 시간이 지났다. 서툴고 힘들어서 때로는 내가 왜 일을 시작했을까? 하며 후회되는 날도 많았다. 울기도 하고 후회도 했지만 3개월, 6개월, 고비가 올 때마다 마음을 다잡으면서 버텼다. 그랬더니 일이 조금씩 쉬워지는 순간이 왔다.

지금 생각해 보면 그때 잘했다 싶다. 망설임 끝에 시작한 직장 생활이 나에게 다시 살아가는 이유가 되었다. 시작이 반이라고 일에 대한 열정이 다시 넘쳐나고 있다. 그래서 도전은 삶의 원동력이라고 말하는가 보다.

일을 하면서 잘하진 못해도 자신감도 생겼다. 뭐든 시작하면 할 수 있다는 도전 의식도 높아졌다. 하고 싶은 공부가 있으면 배울 수 있는 경제적 여유도 생겼고, 다른 일을 할 수 있는 경제적 여유도 생겼다. 사보고 싶은 책도 마음껏 사 볼 수 있으니 이 얼마나 행복한 삶인가!

일을 하게 되면서, 자신감과 여유가 생기니 꼭꼭 숨겨 두었던 꿈이 되살아났다. 잠시 묻어 두었던 꿈 '작가'가 되고 싶었다. 그쯤 인스타그램에서 우연히 우희경 작가님의 책 『생계형 긍정주의자 선언』을 보면서 나도 다시 작가가 되는 꿈을 꾸게 되었다. 지금은 '작가 수업' 강의를 들으면서 책 쓰는 일에 도전하고 있다. 지금 이렇게 미루었던 꿈을 위해 도전을 하고 있으니 그 자체로도 감사한 일이다.

내가 다른 사람보다 몸이 안 좋다고 지레 포기했거나 아이를 키워야 한다고 시도조차 하지 않았다면 지금쯤 어떻게 됐을까? 아무것도 하지 못했을 것이다. 물론 다시 사회에 나오는 일은 두려웠고, 꿈을 찾아 도전하는 일 또한 쉽지 않았다. 그래도 시작이 반이라고, 일단 시작하고 나니 계속해서 하게 되었다. 벌써 10년 차 워킹 맘이 되었고, 이렇게 책도 쓰고 있다. '무언가 시작하는 용기'는 이래서 중요하다.

나에게 용기와 힘을 준 가족과 둘째 언니가 있어서 참 다행이다. 가족 모두가 나에게 새로운 일을 할 수 있도록 응원해 주었다. 지금은 숨겨 두었던 꿈에 도전하며 살고 있다. 내가 나에게 마음껏 지원해 줄 수 있으니 더 바랄 나위가 없다.

우리 집은 날마다 조금씩 행복해진다

7

한 집안의 며느리들, 이제는 친구

어느새 결혼한 지 31년이 다 되어간다. 누구나 마찬가지겠지만, 31년이란 긴 세월 동안 참 많은 일과 아픔이 있었다. 돌아보면 면역 질환 때문에 움직이는 종합 병원이라 할 만큼 병원에 자주 입원했다. 아이가 어릴 땐 병원에 입원하는 일이 여간 힘든 게 아니었다. 그래서 웬만하면 가까운 병원에서 통근 치료하려고 했다. 그러다 보니 완치하는 시간이 더 길어지기도 했다. 처음부터 큰 병원으로 가면 더 빨리 치료가 될 일이었을 텐데 말이다. 아이를 친척에게 맡기는 게 괜히 미안해 큰 병원 가는 일이 꺼려졌다. 가끔 큰 병원에 가야 할 일이 생길 때마다 주변에 신세를 져야 했다.

결혼 초창기에 둘째 아이가 잘못됐을 때부터 내가 병원에 입원할 일이 생기면 아이 보는 일은 늘 형님 몫이었다. 친정은 내가 살고 있는 곳에서 멀기도 하고 친정엄마가 연세가 있으시니 아이를 쉽게 봐 주지 못했다. 근처에 언니들이 많이 살고 있어도 다들 사업 하니까 시간 내기가 쉽지 않았다.

내가 아플 때마다 도움을 주었던 형님도 어느새 예순이 넘었다. 남편과 결혼한 후 맺어진 가족이지만 많은 도움을 받고 살았다. 지금은 고마운 존재지만 젊었을 때는 한 살 차이라 별일 아닌 일에도 마음이 힘들었다. 친자매라도 서로 맞춰가기 힘든데 동서지간으로 맺어진 관계라 더 어려웠다. 한 발짝씩만 물러나면 평화롭다는 걸 알지만 젊을 땐 그걸 잘 몰라서 그랬던 것 같다. 이제 나에게 형님은 시어머님의 자리를 채워주고 있는 든든한 존재다.

형님네는 마음만 먹으면 걸어서 15분이면 갈 수 있는 거리에 살고 있다. 덕분에 가끔 닭발에 소주 한잔, 오징어 회무침에 맥주 한잔하며 좋은 관계를 유지하고 있다. 그런 형님이 이제 예순이 넘어가시니, 볼 때마다 여기저기 아프다고 하신다. 형님이나 나나 몸이 조금씩 아프니 술 한잔 먹기도 쉽진 않다. 뭐든 때가 있다는데 한 살이라도 젊을 때 형님네 가족과 더 많이 못 만나고 여행을 못 간 것이 아쉽기만 하다.

젊을 때는 내 몸도 아프고, 아이들 키우느라 바빠서 좀처럼 여유가 없었다. 이제는 아이가 좀 컸으니 좋은 여건을 만들어 여행 한번 하고 싶은데 모든 여건이 마음대로 허락하질 않는다. 직계 가족과 아이들의 친가와 친정까지….

우리 집은 날마다 조금씩 행복해진다

식구들이 많다 보니 일도 많다. 그러다 보니 본의 아니게 마음먹은 일을 자꾸 미루게 된다.

어느 날 가수 인순이 님의 인스타그램 라이브 방송을 보게 되었다. 스페인 산티아고 순례길에서 순례하는 모습을 보여주면서 하는 말이 참 인상에 남았다.

"지금이 아니면 못 할 것 같아서 모든 걸 다 접어두고 왔습니다. 어떤 일이든 너무 망설이지 마세요. 뭘 준비해 놓고 해야지 하면서 이것저것 따지다 보면 절대로 시간 내기는 힘들어요."

살아 보니 맞는 말이다. 뭐든지 미루면 하기 힘들다는 것도 잘 알면서도 실천하는 게 쉽지만은 않다. 적당한 여유 생기면 형님이랑 아주버님 모시고 제주도라도 한번 다녀와야겠다. 완벽하게 준비되는 때는 없으니까 말이다. 그리고 더 늦기 전에 형님께 감사의 인사를 드려야겠다. 아이 봐주실 때마다 그릇도 사드리고 용돈도 드리기도 했다. 하지만 여행 한번 같이 가는 일은 쉽지 않았다. 이제는 아이도 어느 정도 컸고 여행 갈 여유가 조금은 생겼다. 적게라도 여행 적금을 하나 들어야겠다.

"형님, 아플 때마다 아이들 봐주셔서 정말 감사해요. 오랜 세월 묻어 둔 얘기를 하면서 여행 갈 수 있는 그날까지 건강 잘 챙기고 계세요."

8

나는 다른 복은 몰라도 형제 복은 있다고 생각한다. 언니 셋, 오빠, 남동생 두 명, 여동생까지, 정말 더 이상 바랄 것 없이 형제자매가 많다. 저마다 힘든 부분도 있겠지만, 팔 남매의 다섯째로 살아가면서 좋은 점도 많았다. 물론 때로는 힘겹기도 하다.

예전에 학교 다닐 때 이모 있는 친구들이 그렇게도 부러울 수가 없었다. 이모가 예쁜 옷 사줬다면서 자랑하고 어떤 친구는 시계를 사 줬다면서 자랑했다. 그 모습이 지금도 눈에 선하다. 철없던 시절엔 그게 많이도 부러웠다.

친정엄마는 외동딸로 자랐다. 많이 외로우셨는지 자식들을 많이 낳았다. 딸 다섯에 아들 셋을 두었으니 항상 집안이 시끌벅적했다. 자랄 때는 아래위로 나이가 비슷하니 많이 싸우기도 했다. 성격도 다 다르니 서로 의견 충

돌도 많았다. 하지만 싸우면서 정도 들고 삐지기도 하면서 미운 정 고운 정이 들었다. 지금은 모두 중년이 되었다. 각자의 가정을 잘 지키면서 정겹게 살고 있다. 부모님이 키우실 때는 힘드셨겠지만 나이 들어보니 남매끼리 서로에게 많은 도움이 된다. 말 그대로 협력 공동체다.

유일하게 결혼 안 하고 혼자 살던 남동생이 폐암과 뇌종양 때문에 벌써 삼 년째 힘들게 병마와 싸우고 있다. 수시로 아산병원으로 항암과 감마 치료를 하러 간다. 여기서도 수시로 병원에 며칠씩 입원했다가 퇴원하기를 반복한다. 남매 모두가 교대로 병원도 함께 오가고 돌아가면서 동생네 가서 식사 준비와 청소를 해주곤 한다.

이젠 막바지 같은 생각이 든다. 일어나거나 앉지를 못한다. 옆으로 눕기도 힘들어서 옆으로 잠깐 고개만 돌려서 몇 숟가락 먹는 게 식사다. 요양원 가기 전 집에 하도 가고 싶다고 해서 집으로 왔다. 누나들 네 명이 24시간을 교대로 돌봐 줬다. 형제자매가 많지 않았더라면 어려웠을 일이다.

집에 온 동생이 상태가 더 안 좋아졌다. 또다시 병원에 입원하고 보니 뇌종양이 더 심해졌다고 했다. 이젠 아산병원에서조차 뇌 감마 치료는 더 이상 받을 수 없다고 한다. 통증 치료 말고는 더 할 게 없다고 했다. 주삿바늘을 자꾸 뽑아 버리니 양손을 묶어 놓았다. 바라보기만 해도 가슴이 미어진다. 누나들이 해 줄 수 있는 것은 아무것도 없다. 그래도 다행인 것은 혼자라면 감당하기 어려운 일을 여럿이서 함께하니 한결 가볍게 느껴진다는 거다. 이래서 기쁨은 나누면 배가 되고 슬픔은 함께 나누면 반으로 준다고 했던가?

나는 팔 남매의 다섯째다. 때로는 위아래의 중간이다 보니 의외로 내가 해야 하는 몫이 많다. 중간이 좋기도 하지만 때로는 막내이거나 맏이가 되고 싶다. 형제간에 모임을 해도 내가 중간이다 보니 총무 일을 맡게 된다.

형제자매가 많아서 좋긴 하지만 때로는 챙겨야 할 게 많아 부담도 된다. 경조사도 그렇고 명절 때마다 다른 사람보다 두 배로 일이 많다. 게다가 내가 형제 계의 총무이다 보니 세심하게 챙겨야 할 일은 다 내 몫이 되기도 한다. 우리 딸은 그런 나를 보고 부럽다고 한다.

"엄마는 이모들이 많아서 힘든 일도 함께하면 뚝딱 해결하잖아요. 또 서로에게 의지하면서 도움을 주고받는 모습이 좋아요."
"너도 좋은 사람 만나면 결혼해서 아이 낳고 알콩달콩 재미나게 살렴."

딸에게도 자신이 꾸린 가족에 대한 사랑을 알게 하고 싶다. 나의 바람과는 달리 아직은 결혼 생각을 안 해봤다고 한다. 희생정신이 없으면 결혼해서 살아간다는 게 쉽지 않다. 서로 양보하고 배려하고 나보다 상대방을 먼저 생각해야 결혼 생활을 평탄하게 해 나갈 수 있다.

우리 집은 날마다 조금씩 행복해진다

결혼 생활도 양보와 배려가 있어야 가능하듯 형제들 간에도 내가 조금 손해 보는 듯하면서 살아야 모두가 편해지는 법이다. 이젠 모두가 서로 따뜻한 위로를 하면서 건강하게 살아가기만 하면 좋으련만 조금씩 아파지는 나이가 되었다. 다행히 일곱째 남동생 외에는 특별히 아픈 사람 없이 무탈한 편이다. 동생 다음은 내가 면역 질환 때문에 건강이 좋지 않다. 나중에 가족들에게 신세를 덜 지기 위해 나름대로 운동을 열심히 하고 있다. 앞으로도 꾸준히 마라톤과 산책을 하며 건강을 관리할 생각이다.

하루에도 몇 번씩 안약을 넣고 온몸이 쑤셔도 신나게 출근하고 스트레칭도 열심히 한다. 눈만 뜨면 감사와 배려 가득한 마음으로 오늘을 살려고 한다. 틈나는 대로 책을 읽고 글을 쓰면서 두 번째 책도 쓰고 싶다. 한 달에 한 번씩 약 타고 진료하러 원주까지 가지만 여행한다고 생각하고 즐거운 마음으로 다녀온다. 안과는 매주 월요일에 가지만 병을 친구 삼아 어르고 달래면서 씩씩하게 살아간다. 그것이 팔 남매의 다섯째로 살아가는 첫걸음임을 알기에 그렇다.

9

위
대
한

가
족
의

힘

가족들의 응원 덕에 회사에 입사해서 워킹 맘으로 일하며 예기치 않은 일이 생겼다. 내가 하는 일은 '전기' 관련이라 통신 경력증을 취득해야 했다. 경기도 성남에 있는 폴리텍대학에 가서 9박 10일을 교육받고 시험도 쳐야만 하는 상황이었다. 그때만 해도 아들이 초등학교 저학년에 방학까지 겹쳐 혼자 교육을 갈 수 없었다.

짧은 시간이 아니라 이번엔 형님에게 맡길 수도 없었다. 언니들한테도 부탁하려 해도 무리였다. 결국 내가 데리고 가기로 마음먹었다. 망설이던 끝에 성남에 사는 조카에게 사정을 얘기했다. 조카는 자기 집에서 기거하면서 다니라며 내 사정을 배려했다. 아이도 봐주겠다고 흔쾌히 얘기하는데, 얼마나 고맙고 반갑던지! 지금 생각해도 가슴 벅차다.

그때가 겨울이어서 새벽에 나가려면 어두워서 무섭기까지 했다. 길도 낮

설어서 잘 모르겠고 아이도 쉽게 떨어지지 않았다. 조카의 아이도 어려서 힘든데 우리 아이까지 봐주니 미안하고 고마웠다.

용기를 내고 시작했으니, 경력증을 취득해야겠다는 오기가 생겼다. 조카 집에서 폴리텍대학까지는 거리가 멀어서 1시간 30분은 잡고 출발해야 했다. 겨울철이라 새벽 6시쯤이어도 어두웠다. 저녁은 더 문제였다. 수업이 끝나고 나오면 허허벌판과 논둑길을 지나야 했다. 폴리텍대학이 외지라서 그런지 더 겁이 났다. 전철역까지 오가며 등골이 오싹한 적이 한두 번이 아니었다. 워낙 겁을 많이 타는 성격이라 바람에 갈대가 흔들리는 소리에도 섬찟 놀라곤 했다. 낯선 도시에서의 생활은 이렇게 시작되었다.

집에 가서도 시험공부할 시간이 별로 없어서 전철 안에서 외우고 반복해서 공부했다. 생소한 단어도 많고 모르는 용어투성이였다. 책은 또 얼마나 두꺼운지 백과사전 같았다. 분량도 많고, 내용도 생소했다. 하지만 읽고 또 읽고 이해될 때까지 외웠다. 지금 생각해도 참 용기가 대단했구나 싶어서 나에게 힘찬 박수를 보내고 싶다. 지금 하라면 엄두도 못 낼 일이다. 조금이라도 젊어서 용기가 났다.

수업이 시작되자 하루하루가 빠르게 지나갔다. 어느새 교육생들과 친해져서 차도 나눠 마시고 살아가는 이야기도 나누는 사이가 되었다. 교육 온 분들도 대부분 나처럼 남편 사업에 자격증이 절실하게 필요해서 왔다고 했다. 그래서 그런지 열정적으로 교육을 받았다. 마지막 교육을 받은 날 시험을 치렀다. 수능이라도 치는 것처럼 교실도 바꾸고 자리도 바꿨다. 떨리고 긴장되었다. 어떻게 치렀는지 지금 생각해도 아찔하다. 꼭 좋은 점수를 받아야 한다는 부담감도 없지 않았다. 드디어 긴장된 마음으로 시험이 진행됐다. 결과를 기다리는 시간은 또 얼마나 길게 느꼈는지 모른다.

시험을 치른 사람은 모두 40명이었다. 40명 전원이 한 번에 합격하길 바랐지만 몇 명이 점수가 모자라 재시험을 치렀다. 나는 재시험에 걸리지 않았다. 천만다행이었다.

시험에 합격하고 온 날은 삼겹살에 막걸리 한잔 먹으면서 즐거운 시간을 보냈다. 열흘이란 시간이 짧게만 느껴졌다. 내게는 짧게 느껴졌던 시간이었지만, 조카에게는 긴 시간이었을 것이다. 조카가 든든하게 챙겨주고 응원해 준 덕분이라고 생각한다. 내가 저런 상황이었으면 쉽게 승낙했을까? 직계 가족도 아닌데 이렇게 배려하는 것은 쉬운 일이 아님을 잘 알고 있다. 조카는 그 후에도 많은 도움을 줬다. 딸아이가 서울로 대학을 갔을 때도 1년을 데리고 있었다. 그래서 지금까지도 조카에게 두고두고 고마움을 표현하고 있다.

세월이 흘러 조카는 어느새 아이가 세 명이나 되었다. 코로나로 힘든 시기엔 적금 타서 백만 원도 선뜻 보내며 그때의 고마움을 전했다.

살아가면서 내가 누군가에게 도움을 주기도 하고 또 누군가로부터 도움

우리 집은 날마다 조금씩 행복해진다

을 받기도 한다. 두고두고 마음에 남아있는 고마움이 있다면, 그 사람에게 평생토록 잘해주고 싶다.

"누군가에게 고마움을 받은 일이 있으면 바로바로 표현해야 한다. 미루어서 고마움을 표시하려면 어색하기도 하고 고마운 마음도 퇴색된다."

가족일수록 고마운 표현은 더 자주 해야 한다.

많은 이들이 가까운 가족일수록 '배려'를 당연하게 생각한다. 하지만 나는 가족일수록 더 감사함을 표현해야 한다고 생각한다. 그것이 작은 사랑의 표현이거나 나눔일지라도 말이다. 가족에서 피어난 따뜻한 배려와 감사함이 사회로 더 퍼져나가는 씨앗이 되기 때문이다. 조만간 나도 적금 만기가 되면, 조카의 아이들에게 감사의 선물을 대신 전해줘야겠다.

4
장

하늘이 무너져도

기대설 가족이 있다

10년간의 전업주부 생활을 접고 첫 출근을 했던 날이 아직도 생생하다. 그동안 있었던 경리한테 일도 인수받고 운전도 다시 시작했다. 10년 만에 차를 끌고 나가던 순간, 왜 그렇게나 두근거리던지 운전면허증 시험이라도 보는 듯 떨렸다. 차분하게 연수해 주는 직원 덕분에 사무실까지 무사히 운전하고 갔다. 한 번 하고 나니 약간의 두려움도 사라지고 자신감도 생겼다.

이번에는 사무실 일이 걱정이었다. 한 번도 해본 적 없는 법인 회사의 사무가 생소하고 어렵게만 느껴졌다. 이왕에 하기로 한 거 실수를 하더라도 힘겹더라도 끝까지 해내야겠다는 각오로 했다. 두려움이 몰려올 때마다 '서투르지만 열정이 있으면 견뎌내겠지.'라고 속으로 다짐을 했다.

시간이 갈수록 조바심이 났다. 업무가 빨리 늘어야 하는데 쉽지 않았다.

3개월쯤 되었을까?

'내가 괜히 시작했나?' 싶을 만큼 회의감도 들고 눈물이 핑 돌았다. 이 나이에 뭐 하러 시작해서 이렇게 고생을 하나 싶은 생각도 들었다. 그럴 때마다 주변 사람들이 '3개월, 6개월이 고비'라고 말했다. 1년이 조금 더 지나서야 그 말이 맞다는 걸 실감했다. 시간이 조금씩 지나니까 익숙해졌다.

일을 처음 시작할 때 서툰 게 많아 후회하기도 했지만 지나고 보니 일하길 정말 잘했다. 내가 하고 싶은 걸 지원해 줄 수 있는 힘도 생겼고 일을 하는 보람도 느낀다. 그렇게 서툴게 시작한 지도 어느새 많은 시간이 지났다. 그동안 전기공사경력증도 발급받을 수 있게 많은 강의도 듣고 열심히 공부하며 나를 키울 수도 있었다.

처음 배운 분야였지만 이제는 경력증을 취득한 경력 직원이다. 뭔가를 알아가고 조금씩 경력이 쌓인다는 게 얼마나 뿌듯하고 보람 있는 일인지 새삼 깨닫고 있다. '몸이 안 좋으니까 안 돼, 나이가 많아서 안 돼, 아이가 어리니까 안 돼.'하고 핑계만 됐으면 어땠을까? 만약 그때, 시도하지 않았다면 이런 결과가 있었을까? 이제는 안다. 망설이지 말고 과감하게 뭔가를 시작하면 결과도 있다는 것을….

보도 섀퍼의『멘탈의 연금술』에 보면 자신의 믿음이 얼마나 중요한지에 대해 알려주는 말이 있다.

"우리를 크게 성장시키는 것은 현실에 대한 정확한 인식이 아니라 자기 자신에 대한 믿음이다. 우리 자신을 바꾸는 것은 인식이 아니라 믿음이다."

내가 자신을 믿으면서 과감하게 추진력을 가지고 꾸준하게 밀고 나가면 못 이룰 것도 없다는 것을 증명해 주는 말이다.

내가 책 쓰기에 도전을 할 때도 마찬가지였다. 흔들리는 나에게 브랜드 미스쿨의 대표이시고 다수의 책을 출간하신 우희경 작가님이 이렇게 말씀 하셨다.

"본인 자신을 믿고 잘 따라와 주기만 하면 책 쓰는 일도 꼭 이룰 수 있습니다."

아무리 훌륭한 가르침에도 '할 수 있다.'라는 자신의 믿음이 없다면 어떤 것도 이룰 수 없음을 강조한 말이었다. 자기 자신에 대한 믿음만 중요할까? 가족이나 친구 관계 어떤 관계에서도 믿음만큼 중요한 것도 없다. 서로가 서로에게 믿음이 갈 때 마법 같은 힘도 생긴다.

곰곰이 생각해 보니 10년 넘는 경력 단절을 극복하고 다시 일을 시작하게 된 가장 큰 이유는 나에 대한 믿음이 첫 번째였다. 물론 그런 믿음에 못지않게 친언니와 친구들이 많은 지지와 힘을 실어 주었기 때문에 가능한 일이기도 했다. 남편은 내가 힘들까 봐 하지 말라고 말하긴 했지만, 사실은 무언가 하려고 하는 모습이 좋아 보였다고 한다. 딸과 아들도 "엄마도 엄마 일이 있어야지 무료하지 않을 것 같아요."라고 많이 응원해 주었다. 다시 시작한 직장 생활이 내 나이 예순이 넘어도 끊임없이 노력해 보는 끈기를 선물했다. 망설이지 말고 시작할 수 있는 용기를 주었다.

우리 세대는 일흔까지 일해야 한다. 지금 하는 일이 65세까지라도 할 수 있었으면 더없이 행복하겠다. 일을 시작하지 않았다면 지금 뭘 하고 있을까? 가끔 상상해 본다. 상상하면 할수록, 일을 시작하길 참 잘했다.

우리 집은 날마다 조금씩 행복해진다

2

하루에도 우리는 오만가지 생각을 한다. 눈을 뜨는 순간부터 할까 말까, 갈까 말까, 이럴까 저럴까 망설이게 되는 순간들. 망설이다 그만두는 일이 얼마나 많은가? 나이가 들수록 느끼는 건 무언가 하고자 할 때는 망설이지 말고 과감하게 시작하는 것이 성장의 지름길이라는 거다. 잘하든 못하든 시작을 하고 봐야 실패도 있고 성공도 있다.

내가 맨 처음 글쓰기 공부를 시작하고 싶다고 생각했을 때는 오래전이다. 본격적으로 마음먹은 것은 작년. 실천한 것은 올여름쯤이다. 그때 참 많이도 망설였는데 과감하게 시작을 못 했던 것이 아쉽다. 하지만 생각에만 그치지 않고 이제라도 시작한 것이 얼마나 다행인가.

"10%만 준비되어도 시작하라."

내가 좋아하는 김미경 강사님이 한 강연에서 한 말이다. 그녀의 말에 공감한다. '100% 다 준비되면 해야지.' 하다 보면 준비하다가 지쳐 버릴 수도 있다. 시작하겠다고 마음을 먹으면 주저하지 말고 실행을 하면서 조금씩 보충해 나가야 이룰 수 있다. 조금씩이라도 꾸준히 매일 실행하는 것이 중요하다. 그러다 보면 아주 조금씩이라도 결과물이 생기는 것이다.

알베르트 아인슈타인은 삶을 자전거 타기에 비유했다.
"인생은 자전거 타기와 같다. 균형을 잃지 않으려면 계속 움직여야 한다."

자전거는 페달을 밟지 않으면 앞으로 나갈 수 없다. 우리의 삶도 풍요롭고 발전적인 모습으로 살아가려면 끊임없이 뭔가를 해야 한다. 자전거 페달을 끝없이 밟아야 앞으로 나아가듯이 말이다. 뭔가를 한 가지 정했으면 꾸준하게 이어가야 한다. 아주 조금씩이라도 매일 밥 먹듯이 해야지 발전도 있고 이루어지는 것도 있다. 시작은 했건만 꾸준함이 없다면 이루어 놓은 게 별로 없다. 꾸준함이 답이고 시작했으면 꼭 끝을 봐야 한다는 각오가 필요하다.

무언가를 꾸준히 하려면 철저한 계획이 있어야 한다. 분 단위로 계획을 하고 무언가를 하는 사람들을 참 많이 봤다. 계획을 세운 후 중단하지 말고 끝까지 버티고 살아남아야 결과물이 나온다.

우리 집은 날마다 조금씩 행복해진다

이제는 나도 읽고 쓰고 하는 것이 조금은 자리를 잡은 듯하다. 아무리 바빠도 단 하루라도 조금이나마 읽지 않으면 허전하다. 단 몇 줄이라도 쓰지 않으면 하루 할 일이 끝이 나지 않은 것 같은 마음이 든다. 지금은 그렇지만 처음 글쓰기 공부를 시작할 때는 그렇지 않았다. 일을 처음 배울 때처럼 힘들었다. '내가 왜 이 나이에 이것을 시작했나.' 싶었다. 그래도 포기하지 않았더니 이렇게 책을 쓰고 있다. 역시 꾸준함을 이기는 것은 없다.

작게는 음식 만들기도 그렇다. 하루하루 꾸준히 하다 보면 맛있는 음식을 만들 수 있는 실력이 쌓인다. 한 가지 배웠으면 맛이 없더라도 몇 번의 반복을 통해서 맛있는 음식이 탄생한다. 짧은 시간에 잘할 수 있는 일은 아무것도 없다. 끊임없는 연습만이 잘할 수 있는 비결이다.

이제는 확실히 안다. 무언가를 도전할 때는 과감하게 시작하고, 시작했으면 꾸준하게 해야 한다는 것을….

이제껏 살아오면서 얼마나 많은 것을 시작하는 것조차 어려워했는지. 시작했더라도 끝을 못 본 일도 많았을까? 다시 과거를 하나씩 꺼내어서 살펴보니 그런 일이 꽤 있다. 그러나 지금은 나와 꼭 맞는 것이 있으면 과감히 도전하고 있다.

일전에 딸아이 유치원 다닐 때 만들었던 엄마들 모임에 참석한 적이 있다. 모임한 지가 25년이 다 되어가는 장수 모임이다. 모두가 무난한 성격 탓에 오래 이어져 오고 있다. 퇴근하고 나가는 모임이라 피곤했지만 오랜

만에 만나는 사이라 금세 이야기꽃이 피었다.

이런저런 사는 이야기를 하다가 한 분이 새로운 걸 시작하고 싶은데 고민이라고 했다. 나는 "하고 싶은 거 있으면 지금이라도 시작하면 되잖아요"라고 용기를 주었다. 그랬더니 모임 멤버 모두가 너무 늦었다고 한다.

"뭘 시작하는데 늦은 나이는 없어요. 해 봐요."라고 했더니 이번에는 체력이 안 따라 준다고 말한다. 예순이라는 나이가 많아 보일 수는 있다. 젊은 세대에 비해 체력도 안 따라 주는 것도 부정할 수 없는 사실이다. 하지만 또다시 시작하면 그 도전에 맞는 힘이 생긴다.

가족들의 지지와 응원으로 다시 사회생활을 시작한 덕에 새로운 것에 도전할 힘이 생겼다. 과거의 나라면 꿈도 못 꿨을 일이다. 지금은 다르다. 병도 이겨내고 있고 새로 시작한 일도 잘 해내고 있다. 내가 이렇게 도전을 하기 시작하면서 지금은 주변 사람들에게도 도전해 보라고 용기를 주고 있다. 10%만 준비되면 해 보는 거다. 그것으로도 충분하다. 모든 것의 시작은 한 걸음부터이다.

우리 집은 날마다 조금씩 행복해진다

3

성장도 복리처럼 늘어나는구나

재작년 연말쯤, 우연히 인스타그램에서 '514 챌린지'라는 걸 보게 되었다. 궁금해서 클릭해 봤다. 알고 보니 김미경 강사님이 매일 새벽 5시에 14일 동안 생방송으로 강의를 하시는데, 그 강의를 듣고 각자 챌린지를 30분 정도씩 하는 거란다.

할까? 말까? 망설여졌다. 순간 '어차피 매일 6시에는 일어나니 5시에 일어나는 게 뭐가 어렵겠어.'라고 생각하고는 신청했다. 그 사실을 남편에게 말했더니, "눈도 좋지 않고 건강도 좋은 편이 아닌데 그걸 매일 어떻게 하려고 하나요?" 하며 썩 달가워하지 않았다. 남편의 말에 아랑곳하지 않고 열심히 챌린지에 참여했다. 며칠이 지나자, 내가 즐거워 보였는지 남편도 보기 좋다고 한다. 어쩌다 미처 못 일어나면 "챌린지할 시간인데."라면서 깨워주기도 했다. 남편은 아플까 봐 신경이 쓰여서 하지 말라고 말은 했지만 늘 응원해 주고 있었다.

나의 새벽 챌린지는 가족 여행에서도 계속되었다. 해마다 떠나는 일출 가족 여행. 올해 12월 31일에는 속초 바닷가로 갔다. 예쁜 저녁노을을 보면서 가족과 즐겁게 지냈다. 불꽃놀이하고 한 해의 소원을 빌면서 소원 등도 올렸다. 저녁에 늦게 자서인지 그날따라 일어나는 게 힘들었다, 그래도 새벽 4시 50분에는 일어나야지 5시 강의를 들을 수 있을 것 같았다. 서둘러 일어났건만 가족들이 다 자고 있어 불을 켤 수 없었다. 핸드폰 조명 불빛으로 화장실에 가서 강의를 들었다. 1월 1일 챌린지는 얼떨결에 이렇게 정신없이 지났다.

날마다 새벽 5시만 되면 전 세계 60개국에서 동시에 접속해서 생방송 강의도 듣고 각자가 챌린지하는 시간도 가진다. 재미난 에피소드도 많고, 김미경 강사님께서는 날마다 주옥같은 명언을 쏟아내신다. 그중 가장 기억에 남는 말이 있다.

"내가 중심이 되고 내가 주체가 되어서 하루를 사는 삶을 살아야 해요. '아이들이 다 성장해서 떠난 뒤 난 무엇을 했을까?'가 아닌 아이들과 함께 성장하는 삶을 살아야 합니다."

마음 찡하게 와닿는다. 그래서 시작하게 된 것이 책 읽기와 글쓰기다. 514 챌린지를 하면서 잘 못 읽던 책도 참 많이도 읽게 되었다. 한 달에 1권

우리 집은 날마다 조금씩 행복해진다

읽기도 바빴는데 일주일에 두 권은 거뜬히 읽어 내곤 한다. 함께하는 커뮤니티 속에서 에너지를 주고받으니 힘이 난다. 뭘 해야 할지 동기부여도 되고 서로에게 힘이 되는 한마디 한마디가 더 열심히 하게 만든다. 어느새 1년간 한 챌린지를 끝까지 해낼 수 있었다. 뭐든 시작이 반이라고 과감히 시도하기만 해도 반은 성공이다.

읽고 쓰는 것에 재미를 붙이면서 몇 달 전에 10명이 모여서 『독서로 나를 디자인 하라』 책을 출간했다. 공저를 내고 나니 조금씩 용기도 생기고 스스로에게 동기부여도 됐다. 한 번의 공저 출간 경험으로 또 하나의 꿈이 생겼다. 살아온 인생 60년을 돌아보면서 개인 저서를 내고, 출판 기념회도 한번 하고 싶다. 출간을 통해 면역 질환(쇼그렌 증후군)을 가지고도 용기 내어 힘겹게 살아낸 나에게 박수를 보내며 자축하고 싶다.

나이가 들어 새로운 일에 도전할 때마다 귀스타브 플로베르가 한 말을 떠올린다.

"네 생애 중 가장 빛나는 날은 성공한 날이 아니라, 비탄과 절망 속에서 생과 한번 부딪쳐 보겠다는 느낌이 솟아오를 때다."

타인의 성공을 바라보면서 나도 그렇게 되고 싶다는 욕망을 품지만 피나는 노력은 잘 하지 않는다. 남을 부러워할 게 아니라 성공 뒤에 숨겨진 고통과 노력했을 땀과 아픔을 헤아려 보아야 한다. 내가 흘린 땀방울의 양만큼 나도 많이 성장해 있을 거라 믿는다.

읽고 쓰는 것이 습관이 되면서 시간이 지나고 보니 "무엇이든 해낼 수 있다."라는 마음의 힘이 생겼다. 끝까지 해내는 힘이 부족했던 내가 조금씩 결과물을 내는 모습을 보고 가족들도 영향을 받는다. 어느 날은 딸아이도 책 쓰기 공부를 하고 싶다고 한다. 다른 가족들도 나의 성장과 꿈을 지지해 주고 있다. 내 공부를 하면서 조금씩 소홀해지는 집안일이나 사무실 일도 가족 모두가 도와준다. 아들은 청소를 도와주고 남편도 웬만하면 이해한다. 꾸준한 배움을 통해 나를 성장시키니 이제는 가족도 함께 성장하고 있다. 남편은 화장실에 갈 때 가끔 핸드폰을 들고 갔다. 책을 열심히 읽는 내 모습을 보더니 이제는 책을 들고 화장실을 간다. 바쁘다는 핑계로 책 읽을 시간이 없다고 했는데 이제는 이주에 한 권이라도 읽고 있다.

병원을 수없이 오가면서 아픔이 오랜 시간 지속될 때마다 남편에게 미안한 마음이 들었다. 그럴 때마다 남편은 말했다.

"아플 수도 있지, 너무 속상해하지도 말고 미안해하지도 말아요. 힘내고 얼른 좋아질 생각만 해요."

남편의 말 한마디가 얼마나 힘이 되고 위로가 되었는지 모른다.

따뜻하고 힘이 되는 말 한마디는 그 어떤 좋은 물질보다도 강력한 힘이 있다. 일상에 지치고 힘들어서 발걸음 무겁게 현관문을 들어설 때 필요한 것은 무엇일까? 가족들의 따뜻한 표정과 말 한마디다. 애정을 담은 말 한마디는 하루에 피로를 말끔하게 날려 보낼 수 있는 묘한 마법이 있다.

예전엔 남편에게 위로를 많이 받았다면 요즘은 아들의 말 한마디에 힘이 난다. 어느 날 엄마가 누구보다 바쁘게 살아가는 모습을 지켜보던 아들이 뜬금없이 이런 말을 했다.

"엄마도 이젠 엄마 인생을 살았으면 좋겠어요. 하시고 싶은 것도 하시면서요. 아빠 식사 때문에 누굴 만나러 안 나가고 이러시지 않았으면 좋겠어요. 아빠 랑 내가 아이도 아닌데 그런 사소한 것에 신경 쓰지 않아도 돼요."

일하고 집안 챙기느라 약속이 있을 때도 외출하는 게 쉽지 않았다. 나갈 일이 있어도 가족의 식사가 늘 신경 쓰였다. 그런 나에게 아들이 건네는 말 한마디가 뭉클하다. 이제는 아들이 엄마의 삶까지 헤아려 볼 만큼 어른스 러워졌다. 늦게 낳은 자식이라 늘 안쓰러워 어리게만 생각했는데 말이다.

'엄마 인생을 살아요.' 하는 아들의 말을 새기면서 시간이 날 때마다 책을 구입해서 읽기도 하고 강의도 열심히 듣고 있다. 내가 공부하느라 바쁘고 행복하니 아이에게 간섭할 시간이 줄었다. 간섭할 시간이 없으니 말 한마 디를 해도 더 응원해 주게 된다.

첫아이 키울 땐 모든 게 서툴고 어설퍼서 잘 키우고 싶은 욕망 하나로만 키웠던 것 같다. 지금 생각해 보면 서툴고 실수투성이였다. 둘째 키울 때는 조금씩 마음도 내려놓는 연습을 하며 성숙한 엄마가 되려고 했다. 아이에 게 따뜻한 말을 하려고 노력했고 남편한테도 양보와 격려하는 말로 서로를 다독이고 있다.

　나는 가족일수록 말 한마디를 해도 조심해야 한다고 생각한다. 가족이 가까운 사이다 보니 별생각 안 하고 말을 함부로 하는 경우가 많다. 그래서 서로 상처받고 가족 관계가 안 좋아진다는 걸 알면서도 말이다. 가족 상담 연구소 박상미 소장님도 "가족은 치열하게 싸우고 치열하게 갈등하는 것 같지만, 연결되는 것을 원한다. 싸울수록 눈물 나도록 후회하는 사이다." 라고 말했다. 그의 말처럼 가족은 서로 연결되는 것을 원하는 사이지, 싸우고 갈등하는 사이가 아니다. 그런데 주변을 보면 말 한마디 때문에 서로 싸우고 적이 되는 경우를 본다.

　서로에게 건네는 말 한마디가 화살을 맞은 것처럼 심장을 콕 찌르는 화살이 된다. 반대로 달콤한 아이스크림이 녹아내리듯 아픈 마음을 쓰다듬어 주는 연고가 되기도 한다. 특히 가족에게 뱉는 말은 더 큰 파장과 영향을 주기 때문에 더욱 조심해야 한다. 가족이기 때문에 '내 마음을 알겠지.' 하는 생각도 잘못된 생각이다. 오히려 가족이기 때문에 '미안하다.', '고맙다.', '사랑한다.'라는 말을 더 많이 표현하고 살아야 한다.

　아쉽게도 많은 이들이 가족에게 자신의 긍정적인 감정을 표현하는 걸 어색해한다. 그것도 연습이 필요하다. 표현하지 않으면 아무리 가족이라도 상대의 마음을 잘 알 수 없다. 우리 가족도 처음부터 자신의 감정을 표현하는 가족이 아니었다. 내가 자꾸 긍정적인 말을 하려고 노력하다 보니 가족

　〜〜〜

들도 영향을 받았다. 자신의 마음을 말로 표현하지 못했던 남편도 결혼한 지 30년이 넘다 보니 요즘은 제법 표현을 잘한다.

"집안일하랴, 회사 일하랴, 너무나 힘들 텐데도 묵묵히 잘 해주어서 고마워요."

가족에게 건네는 말 한마디가 허기진 마음을 채운다. 오늘도 우리 가족은 서로에게 격려와 사랑의 말을 힘껏 외치며 활기찬 하루를 시작해 본다.

44살에 출산한 늦둥이를 키울 무렵 체력이 예전 같지 않다는 걸 느꼈다. 면역 질환 때문에 조금만 힘들어도 지치곤 했다. 아들 녀석은 새벽에 일어나서 아침 준비할 때마다 내 다리를 붙들고 같이 있어 달라고 떼썼다. 그때는 남편이 일하는 사무실에 점심식사를 준비하여 보낼 때였다. 아침마다 식구들 식사 준비와 점심에 직원들의 식사를 준비해야 해서 분주했다. 큰아이 등교 준비까지 해야 하니, 매일 아이를 업고 달래며 전쟁 같은 아침 시간을 보냈다. 큰아이는 사춘기 때문에 예민해져 있었다. 동생이 태어나고 성적도 조금씩 떨어졌다. 엄마와 무슨 대화를 하고 싶어도 동생이 항상 같이 있으니 적절한 시기를 놓쳤다. 엄마가 힘들어하니 엄마에게 마음속 이야기를 터놓지 못하고 컸다.

남편은 남편대로 바빴다. 밤낮없이 바쁜 사업에 경황없는 나날이었다. 중소기업이 다 그렇듯이 사장이 발로 뛰지 않으면 힘들다. 낮에는 현장 가서 일하고 업체와 계약도 한다. 그러다 보니 저녁 식사를 하고는 다시 출근해서 도면도 그리고 견적도 뽑는다. 때론 판넬 제작도 해야 한다. 그래서 자정은 넘어야 퇴근했다. 임신했을 당시 "내가 다 도와줄게."라는 말은 다 거짓말 같았다. 상황이 어쩔 수 없다는 걸 알면서도 야속하기만 했다. 가끔 친정 언니들이나 형님이 조금씩 도와줬다. 상황이 안 될 땐 도우미가 2주 정도 오셔서 도와주긴 했어도 그것도 잠깐이었다.

하나부터 열까지 혼자 다 해내야 했다. 그러면서도 힘들다고 표현을 못 하니 서서히 지쳐가고 있었다. 팔도 아프고 눈도 피곤하여 하루하루가 길게만 느껴졌다. 가끔 우울한 마음이 밀려와서 모든 걸 내려놓고 싶은 마음도 있었다. 그땐 잘 몰랐지만 지금 생각해 보니 그게 산후우울증이었던 것 같다. 아이들을 키울 땐 누구나 가끔 우울한 마음이 든다. 그럴 때 나만의 공간이나 시간을 꼭 가져야 함을 이젠 안다. 정말 힘들 땐 단 10분이라도 자기 자신과 마주할 수 있는 시간을 가져야 한다. 하루하루가 정신없이 바쁘다 보니 그리 길게 가진 않았어도 매일 힘든 나날이었다.

나는 왜 그때 남에게 부탁을 못 했을까? 왜 모든 일이 내 몫이라고만 생각했을까? 가족이기에 말하지 않아도 내 마음을 알아줄 것으로 생각했던 것 같다. 나중에야 알았다. 가족이라고 다 알아주지 않는다는 것을….

힘들 땐 힘들다고 표현해야 상대방도 알아차리고 도와주려고 한다. 가족끼리는 편하긴 하지만 말 안 하면 남보다 못할 만큼 무관심할 때도 있다. 특히 남자들은 콕 꼬집어 일러주지 않으면 알아차리질 못한다. 물론 사람마다 성향이 다르겠지만 말이다.

지금은 힘들면 언니들한테 많이 부탁도 한다. 예전 같았으면 아무리 힘들어도 또 혼자 해내려고 했을 텐데 말이다. 암에 걸린 남동생을 간호할 때도 언니들에게 도움을 청해서 힘든 상황을 조금씩 극복할 수 있었다. 나도 건강하지 못한 상태에서 아픈 동생까지 혼자 간호하려고 했으면 감당하기 어려웠을 것이다. 가족끼리 조금씩 양보하고 도우니 내 마음과 몸도 훨씬 편했다. 내 마음이 편해야 가족을 돌볼 수 있다. 혼자만 끙끙 앓고 다 짊어지려고 한다면 그 화살이 오히려 가족에게 향한다. 살아가면서 분명 힘든 일이 온다. 삶이 버거워 다 포기하고 싶은 순간이 올 수도 있다. 그럴 때마다 고민하지 말고 가족에게 도움을 청해 봤으면 좋겠다. 가족이기에 언제나 나를 도울 준비가 되어 있다. 힘들 땐 가족에게 손을 내밀어 보자.

우리 집은 날마다 조금씩 행복해진다

6

늦둥이가 어느새 자라서 고등학생이 되었다. 18년 전 출산했을 때 이 나이에 자식을 어떻게 키울까? 많이 고민했다. 주변 지인들도 가족들도 염려했다. 어릴 때는 조금 힘들었어도 어느 정도 커서는 사춘기도 큰 탈 없이 무난하게 자랐다. 이만큼 자라고 보니 뿌듯하고 보람 있다.

아들은 어릴 때부터 학원 다니는 걸 싫어했다. 학습지 조금 하면서 집에서 스스로 하는 편이었다. 그래도 본인이 원하는 고등학교에 들어갔다. 덕분에 남들이 사교육비 걱정할 때 나는 그런 걱정을 할 필요가 없었다. 대신에 아들이 하고 싶은 게 있다고 하면 많이 지원해 주는 편이었다. 다양한 경험을 하게 하거나 본인이 좋아하는 미술 도구를 사주었다. 물론 공부도 중요하지만 아들에게 경험의 가치를 알려주고 싶은 마음이 컸다. 그런데도 아빠가 회사 일이 바쁘니 어디 나들이 한번 가기 힘들다. 아들이 방학 때

같이 놀러 갈 기회를 만들지 못해 많이 아쉬워하고 있었다.

그 무렵 친구 엄마가 친구들과 추억을 만들라고 펜션을 잡아 주어서 1박 2일로 가서 물놀이도 하고 좋은 시간을 보내고 왔다. 방학 끝나기 직전엔 유치원 때부터 친했던 친구네랑 엄마와 아이들만 1박 2일 속초를 다녀왔다. 어릴 때부터 함께한 시간이 많았기에 추억이 많이 쌓였다. 그래서인가? 언제 만나도 부담 없이 어제 만났던 것처럼 잘 지낸다. 14년이란 시간을 친구로 지내면서도 다툼도 없이 잘 지내고 있어서 보기 좋다. 요즈음 같은 시대에 마음 맞는 친구 한두 명만 있어도 행복할 것 같다. 아들이 친구들과 잘 어울리며 씩씩하게 커 주는 것만으로도 자식 키우는 보람을 느낀다.

아들이 존재 자체로 든든하다면 딸은 미안한 존재이면서도 정신적 지원군이다. 딸이 고3 때, 나는 어느 때보다 많이 아팠다. 얼굴에 종양이 있는 것 같다고 아산병원을 수없이 오가면서 조직 검사까지 했다. 다행히 종양은 아니었지만 병을 치료한다고 자주 병원에 다녀야 했다. 그 때문에 수능을 치르는 딸의 뒷바라지를 하지 못했다. 딸이 수능을 보고 미술 실기 시험을 치를 땐 하나도 도와주질 못했다. 엄마의 상황을 잘 이해해 준 딸은 대구와 서울을 오가면서 실기도 끝까지 치렀다. 누구보다 스스로 잘 해준 딸이 고맙다.

딸은 아들에게도 좋은 누나다. 서울에서 일하고 있는 딸이 집에 내려오면 남매가 잘 지내는 모습이 흐뭇하다. 딸과 아들은 13년 터울이라 어릴 땐 대화가 잘 통하지 않았다. 이젠 둘이 제법 마음이 통한다. 딸이 철이 드는지 가끔은 나 대신 동생한테 좋은 말을 해준다. 엄마인 나를 대신해 동생에게 따뜻한 말을 해 주는 걸 보면 참 대견하다. 아들도 누나가 하는 말이라 그런지 좋은 조언으로 받아들이는 눈치다.

"누나가 살아 보니 다양한 경험이 가장 중요한 것 같더라."
"꼭 한 가지 일만 있는 게 아니라 다른 것도 자꾸 도전해 보는 게 좋은 것 같더라."
"뭐 하고 싶니? 대학을 서울로 오면 누나와 함께 지내보자."

둘이 하는 대화만 들어도 뿌듯하다. 딸은 서울에서 내려올 때마다 동생 준다고 좋아하는 걸 이것저것 사서 내려온다. 동생을 생각하는 마음이 기특하기만 하다. 오랫동안 딸아이 혼자 키울 땐 몰랐는데 역시 자식은 둘은 되어야 서로에게 힘이 되어 준다. 옛날 어른들이 '자식은 둘은 되어야지 혼자 키우기가 제일 힘들다.'라는 말이 맞는 듯하다.

문득 생각해 보면 자식 키우느라 힘은 들지만 아이들을 보면서 배우고 느끼는 것도 많다. 아이들이 자라듯 부모도 자식을 키우며 힘도 얻고 동기부여를 받는다. 미처 어른이 생각해 내지 못 하는 일도 다른 시각에서 이야기해 줄 때가 많다. 몸이 몹시 아플 때도 자식을 보면서 완쾌해야지 하는 각오도 더 많이 생긴다. 빨리 좋아지려고 한 가지 운동이라도 더 하게 된다.

나는 아이들을 키우며 항상 "꿈과 희망을 품고 살아라."라고 말했다. 그런데 지나고 보니 아이들이 나에게 꿈과 희망을 주었다. 아이들을 키우면서 내가 성장했으니 말이다. 나의 꿈과 희망이 되어준 아이들이 오늘따라 더 고맙다.

7

남편은 내 삶의 비타민

"우리도 어느새 육십이 넘었네. 뭐 하고 싶은 거 있으면 다 해봐요."

아침 식사를 하면서 남편이 이런 말을 했다. 순간 나는 며칠 전에 들었던 강연 내용이 생각나 당황했다. 내가 좋아하는 김미경 강사님이 한 강연에서 이런 말을 했다.

"나이 오십, 육십이 넘으면 우린 다 고아가 된다."

"부부는 서로에게 부모가 되어 응원해 주고 지지해 줘야 한다."

그 말이 맞다. 부모님 돌아가시고 나면 의지할 곳이 부부밖에 없는 것 같다. 물론 자식들이 있긴 하지만, 서로 응원해 주고 지지해 주는 사이는 부부 말고 또 누가 있을까?

남편의 말과 강연 내용이 겹치면서 그 말의 의미가 절절히 다가왔다. 나도 남편에게 하고 싶은 거 하라고 말하고 싶었다. 남편은 우리 가족의 생계를 위해 평생 열심히 살았다. 밤낮을 모르고 일할 정도로 바쁘고 치열하게 살아온 남편을 적극적으로 지지해 주고 싶다. 나이 들고 보니 더 고맙고 안쓰럽다.

"우리 은퇴하면, 하고 싶은 공부나 취미 생활 다 하면서 살아봐요."
"난 글도 쓰고, 도서관에서 봉사 활동도 하고 싶고 전국을 다니면서 사찰이나 야생화 사진도 찍고 싶네요. 하지만 운전이 능숙하지 않아서 전국을 다니는 건 쉽지 않겠죠."
"내가 운전기사를 해 줄게요."

나의 든든한 지원군 남편의 말에 나도 남편의 꿈을 이루게 도와주고 싶었다. 뭐 하고 싶냐고 물었더니 **"전국 일주도 하고 그동안 시간 없어 못 다닌 마라톤을 많이 다녀 보겠다."**라고 한다. 우리 부부가 건강을 잘 챙겨서 은퇴 후에도 하고 싶은 것을 많이 하면서 살 수 있기를 바란다.

결혼 후 지금까지 아프지 않은 적이 별로 없어서 남편에게는 늘 미안한 마음뿐이다. 게다가 그동안 병원비로 쓴 돈도 많아 어쩔 땐 괜한 죄책감도 든다. 그런데도 긴 세월 단 한 번도 싫은 내색이나 힘든 표정 짓지 않은 남편이 신기할 정도다. 한 번이라도 불평불만이라도 할 법한데도 남편은 "늘

우리 집은 날마다 조금씩 행복해진다

이만해도 다행이다."라고 위로해 준다. 참 고마운 사람이다.

나의 꿈 지지자인 남편은 아는 지인의 소개로 만났다. 지인은 성실하고 기술이 좋고 식구도 단출하다며 남편을 소개했다. 나무랄 데 없는 남편감이라면서 말이다. 남편은 이미지가 강해 보였다. 조금은 날카로워 보이기도 하고 자기주장이 세 보이기도 했다. 언니들은 착한 동생 힘들까 봐 많은 염려를 했다. 하지만 보기와는 달랐다. 웬만한 일에는 참견도 안 하고 생각보다는 많이 무디기도 한 편이다.

나는 남편과 만난 지 5개월 만에 결혼해서 상대방을 다 파악하지도 못했다. 처음 만난 날 남편은 내게 이렇게 말했다.

"가진 것은 없어도 열심히 살 거고 최선을 다하는 삶이고 싶다."

그 말에 왠지 든든함이 느껴졌고 믿고 결혼해도 될 것 같은 예감이 들었다. 그 후로 살면서 조금씩 더 많이 알아가고 이해하면서 살아가고 있다. 가끔 서로 의견이 맞지 않을 때도 있고 답답할 때도 있다. 그래도 한 걸음만 뒤로 물러서고 양보하면 마음이 천국이라는 걸 알기에 잘 맞추며 산다. 법정 스님도 결혼할 부부들에게 가장 하고 싶은 말은 상대에게 맞추면서 사는 거라고 했다.

남편과 나는 가끔 밤에 '산책'을 하는 공통 취미가 있다. 맨발 걷기가 면역력도 높이고 각종 만성질환을 완화시켜준다기에 열심히 걷고 있다. 남편이 멀리 출장을 자주 다녀서 피곤할 텐데 빠지지 않으려고 한다. 남편은 자기 사업을 하고 있어 늘 퇴근 시간이 늦다. 누구보다 시간이 없지만 이렇게라도 나에게 시간을 할애해서 도움을 주고 싶다고 한다. 나이가 들수록 남편이 새록새록 고맙다. 젊었을 때는 아픈 내 몸 챙기랴, 아이 키우느라 정신없어서 남편을 제대로 챙기지 못했다. 아이들 일로 싫은 소리도 했지만, 이제는 서로에게 애틋한 마음만 남아있다.

문정희 님의「부부」라는 시에 보면, 부부라는 정의를 이렇게 한다.

"부부란 서로를 묶는 것이 쇠사슬인지 거미줄인지는 알지 못하지만 묶여 있는 것만은 확실하다고 느끼며 어린 새끼들을 유정하게 바라보는 그런 사이다."

30년쯤 남편과 살아 보니 알겠다. 부부란 뭔지는 모르겠지만, 서로 연결되어 있다. 같은 시선으로 아이를 바라보고 키우면서 서로의 꿈도 지지해주는 사이다. 늘 묵묵히 믿어주는 남편. 알고 보니 그는 내 삶의 비타민이었다.

우리 집은 날마다 조금씩 행복해진다

마라톤을 하며 깨달은 것

우리 부부가 마라톤하고 다닌 지는 23년 정도는 된 것 같다. 큰아이 초등학교 때부터 전국을 다니면서 조금씩 뛰기 시작했다. 벌써 23년이나 흘렀다니 시간 참 빠르다. 일요일에 잠시 떠나는 마라톤이 우리에겐 여행 겸 운동이다. 일이 늘 바쁘다 보니 남들이 다 떠나는 휴가 한번 제대로 가지 못하며 살았다. 해마다 떠나는 일출 여행 말고는 가족 여행을 할 수 있는 시간이 별로 없다. 이젠 아이들이 다 크고 나니 시간 맞추기는 더 힘들다. 요즘은 남편과 둘이 마라톤을 갈 때가 많다. 취미가 같은 게 얼마나 다행인지 모른다. 취미로 시작한 마라톤은 이제는 나에게 삶의 일부이면서 활력소다.

이른 봄 개나리와 벚꽃이 흐드러지게 핀 곳을 뛸 때면 세상에서 가장 행복한 내가 된다. 살면서 힘든 것도, 속상한 일도 모두 잊은 채 온몸으로 뛰고 나면 또 하나의 멋진 추억이 생긴다.

향기 그윽한 아카시아가 코끝을 스칠 때쯤이면 여주 세종대왕 마라톤을 간다. 그 지방의 특색 있는 먹거리를 즐기기도 한다. 4월 말에는 삼척에서 마라톤이 열린다. 이번 삼척 마라톤은 우중 마라톤이었다. 비가 그렇게 많이 오지 않아서 다행이긴 했다. 비 오는 날 달리기도 그 나름대로 매력이 있다. 어릴 땐 비 맞으면 안 좋다고 어른들이 우산 안 쓰고 못 나가게 했다. 어른이 되고 보니 이런 색다른 느낌도 좋다.

여름엔 경포 마라톤에 간다. 바닷바람도 마음껏 쐬고 끝없이 넓은 바다를 보면 내 마음도 덩달아 넓어진다. 이번 가을엔 단풍의 아름다움이 절정에 달하는 춘천 마라톤을 갈 예정이다. 마라톤을 향한 마음은 더 크지만 아직도 현역에서 일을 하니 다른 지역에 가서 1박을 하는 게 쉽지 않다. 나중에 사업을 접고 좀 여유가 생기면 더 많이 다니고 싶다. 그때가 되면 토요일에 가서 그 지방에 좋은 관광지가 있으면 여행도 하고 마라톤도 하고 올 생각이다.

요즘 마라톤 클럽에 젊은 분들이 한두 명씩 가입하고 있다. 가족과 함께 여행 삼아 다니는 가정도 많다. 보기 좋다. 지금은 아이들이 커서 가족이 함께 뛰는 시간이 줄었지만 그들을 보면 옛날 생각이 난다. 얼마 전 반기문 마라톤을 갔을 때 보니 아이들이랑 같이 온 집들이 생각보다 많았다. 초등

우리 집은 날마다 조금씩 행복해진다

학생쯤 되어 보이는 아이들이 신나서 뛰는 모습에서 어릴 적 우리 아이들의 모습이 떠올랐다. 마라톤하며 가족들과 쌓았던 추억이 새록새록 떠오른다. 내가 마라톤을 좋아하는 이유는 가족과 함께할 수 있는 운동이어서다. 가족이 함께할 수 있는 것도 좋은데, 완주만 하면 메달을 받으니 뿌듯하다. 게다가 끈기와 해낼 수 있는 힘을 배울 수 있으니 더없이 좋다.

마라톤을 하게 되면서 꿈이 생겼다. 체력이 되는 한, 오래도록 마라톤을 하고 싶다. 그러기 위해선 근력 운동도 부지런히 해야 한다. 굳이 체육관을 가지 않아도 요즘엔 유튜브에서 보면 근력 운동에 관한 영상이 많다. 나에게 맞는 운동을 잘 택해서 반복하고 있다. 계단 오르기도 근력 운동에 좋다. 매일 15층까지 걸어가서 엘리베이터를 타고 내려오기를 반복하고 있다. 15층까지 갔다가 하는 걸 세 번만 해도 45층까지 오르는 셈이다. 꾸준히 하다 보니 다리에 근력이 생겼다.

무엇이든 반복해서 연습하지 않으면 잘할 수 있는 것은 없다. 꾸준함이 답이다. 오래 버티면서 나름대로 루틴을 만들어야 한다. 루틴을 만드는 일은 오래도록 마라톤을 할 수 있는 방법이기도 하다.

마라톤을 하면서 여행의 의미도 다시 찾게 되었다. 꼭 비행기를 타고 멀리 외국을 가고 거창하게 떠나야만 여행이 아닌 것 같다. 새로운 동네 한 바퀴를 돌아도 여행처럼 느껴질 때도 있다. 전국 각지에서 열리는 마라톤에 갈 때마다 늘 설레고 여행처럼 느껴진다. 아직도 우리나라 구석구석 가

보고 싶은 곳이 많다. 꾸준히 전국을 누비면서 마라톤하고 사진도 찍고 나중엔 사진이 담긴 예쁜 에세이를 쓰고 싶다.

그런 날이 올 때까지 꾸준하게 운동하고 글 쓰고 책 읽기를 하려고 한다. 그런 꿈이 있어 하루가 설레고 감사하다. 여기까지 오는 데 참 많이 힘들었다. 하지만 이제는 안다. 욕심내지 않고 내 체력을 잘 인지하면서 살아야 한다는 것을….

한 스텝 한 스텝 오늘도 퇴근길에 계단 오르기를 하면서 집으로 왔다. 마라톤을 하면서 전국 일주를 할 수 있는 날을 꿈꾸어 본다.

　　～～～　　우리 집은 날마다 조금씩 행복해진다

5
장

함께할 때

행복은 배가 된다

1

감정에도
조절 버튼이 있다면

가족이란 어떤 상황에서도 인연을 끊을 수 없는 관계다. 남이라면 안 좋은 상황이 생기면 안 보고 살 수도 있다. 하지만 가족은 그렇지 않다. 우리 가족은 남편, 나, 아들, 딸, 모두 성격이 많이 다르다. 그렇다 보니 서로 다른 감정의 온도를 조절하면서 오늘도 새로운 시간 앞에서 살아가고 있다.

전형적인 A형인 남편은 겉은 차가워 보이지만 자상하고 따뜻함이 가득한 사람이다. 자기주장도 세고 고집도 만만치 않다. 추진력은 누구 못지않게 강하다. 그래서인가 무엇이든 잘 도전하고 포기도 빠른 편이다. 한번 아니다 싶으면 절대로 마음을 바꾸지 않는다. 옳은 일에는 누구보다 앞장서고 남을 돕고 서슴없이 베푸는 성격이다. 노래도 참 잘한다. 가끔은 혼자서 노래방을 갈 정도로 노래도 좋아한다. 노래를 엄청 못 하는 나와는 정반대다.

반면에 나는 마음이 여려서 거절도 못 하고 맺고 끊는 것을 어려워한다. 하지만 남편처럼 남에게 베푸는 일에는 열성적이다. 다행히 남을 도와주는 그 마음은 잘 통해 그런 면에선 의견이 잘 맞는 편이다.

AB형인 우리 딸은 똑 부러진 성격이 아빠를 많이 닮았다. 냉정할 땐 한없이 냉정하다. 거기에 좀처럼 속마음을 털어놓지 않으니 알다가도 모를 일이 많다. 그래도 속이 깊은 편이다. 어려서부터 무엇이든지 혼자 척척 잘해내고 어느 정도 커서는 내 손이 거의 가지 않았다. 고맙기도 하지만 때로는 미안하기도 하다. 늦둥이 아들 역시 AB형이라 고집도 세고 자기주장도 강하다. 자기가 하고 싶은 일은 말려도 끝까지 하지만 하기 싫은 일은 절대 하지 않는다. 때론 하기 싫은 일도 해야 하는데 말이다. 그렇지만 정도 많고 감성도 풍부하여 표현도 잘한다. 옳고 그름을 너무나 명백히 가리는 편이라 어른인 나도 깜짝 놀랄 때가 많다.

이렇게 한 가족이지만 서로의 성격이나 성향이 제각각이다. 그래서 각자 자기만의 감정의 온도가 있다. 서로 다른 감정의 온도를 조절하는 게 가족이 아닐까?

가정에선 특히 엄마의 감정 조절이 중요하다. 하지만 그게 말처럼 쉽지 않다. 나도 초보 엄마 시절 큰아이 키우면서 힘들었다. 엄마가 처음이라 힘들었다. 왜 그리도 힘이 들었는지 지금 생각해 보면 나의 감정 온도를 잘 조절하지 못했던 것 같다. 엄마가 된 지 얼마 되지 않아서 감정 기복이 심했다.

사람의 감정이 날씨와 같아서 시시때때로 변한다. 흐렸다가 맑다가 비 오다 그치는 날씨처럼 말이다. 몸도 아프고 육아에 시달리는 시간이 많아서 부담감도 컸다. 그러면서도 무조건 잘 키워 보겠다고 욕심만 앞섰던 것 같다. 그런 내 감정이 아이들에게 다 전달되고 있음을 알게 되었다.

감정 공부의 중요성을 인지한 후에는 늦둥이 아들에게는 포용력이 향상됐다. 어지간하면 하고 싶은 거 많이 하라고 한다. 여행도 많이 하고 보고 느끼면서 추억을 많이 만들라고 말하고 있다. 나는 지금도 아이들에게 감정 공부를 강조한다. 가족이나 주변 사람들과의 관계에서 대화로 소통하고 감정을 조절할 줄 아는 어른으로 키우고 싶어서다. 감정은 하나의 습관이다. 화를 자주 내면 그게 습관이 되고 자주 웃으면 그것도 웃는 습관이 되는 거다.

한양대학교 박상미 교수님은 한 강연에서 이렇게 말했다.

"행복은 습관이 좌우한다. 최고의 유산은 긍정 유전자다."

생각해 보니 마음 깊이 공감이 간다. 자식에게 금전적으로 많은 것을 물려 줄 게 아니다. 긍정적인 습관을 보여주어야 한다. 항상 감사하는 마음과 긍정적인 마음으로 살아가는 모습을 보여주면 아이들도 은연중에 부모를 닮아 간다. 감정 조절을 잘하는 어른이나 아이들을 보면 어릴 때부터 내공을 쌓아 온 경우가 많다. 그래서 평소에 감정 공부도 부지런히 해야 한다.

이만큼 살아오고 보니 아픈 만큼 성숙해진다는 말이 실감 난다. 아이들에게 책상 앞에 앉아서 하는 공부만이 다가 아님을 깨우쳐주고 싶다. 살아가는 모든 나날이 공부가 된다는 것을 알게 해 주고 싶다. 아이나 어른이나 감정 공부가 소중하다는 걸 깨달으면서 살아가길 바란다. 언제 어디서나 서로 다른 감정의 온도를 조절하면서 살아가는 나날이 되길 소망해 본다.

우리 집은 날마다 조금씩 행복해진다

2

얼마 전 아들이 학교에서 단체로 영화를 보러 간다고 흥분했다. 하지만 영화 제목이 〈인생은 아름다워〉라는 걸 알고 난 뒤에 실망했다. "어른들이 좋아할 영화이지 우리가 좋아할 영화는 아닌데"라고. 이렇게 불평하며 단체로 영화를 관람하고 학교에서 돌아온 아들이 예상외의 말을 했다.

"엄마 영화 <인생은 아름다워>가 생각보다 감동이 있더라고요."

"엄마가 보시면 좋아하실 영화 같아요."

"시간 되시면 아빠랑 보시든지 엄마 친구들이랑 보세요."

"무슨 내용인데?"

"미리 말하면 재미없어요. 그냥 보세요."

아들은 자세한 내용은 말해주지 않았다. 여러 사람한테 영화가 괜찮다는 이야기를 들은 지라 내심 보고 싶어졌다. 마침, 주말에 아들이 친구랑 영화를 보러 간다길래, 아들 친구 엄마랑 〈인생은 아름다워〉 영화를 볼 수 있었다.

평범한 가정의 일상 이야기를 담은 영화였다. 희생만 하는 엄마, 괴팍하면서도 무심함의 극치인 남편, 엄마에게 관심이 전혀 없는 수험생 아들, 예민하고 말썽만 피우는 딸이 나온다.

서로에게 무심한 듯 별일 없이 살아가던 어느 날, 엄마가 암 말기 판정을 받는다. 가족 모두에게 충격적이다. 인생이 얼마 남지 않았다고 느껴진 엄마는 고등학교 때 첫사랑을 찾겠다며 남편에게 도와달라고 하고, 남편과 함께 전국을 누비고 다닌다. 아내를 도와주던 무뚝뚝한 남편은 화도 많이 내고 고집을 부린다. 하지만 늦게라도 잘하려고 애쓰는 모습이 그려졌다. 서로의 애틋한 정을 확인하고 잘해주려고 애쓰는 남편, 그리고 암으로 인해 괴로움을 겪는 엄마의 아픔에 한 발짝 다가가 위로해 주고 보듬어 주는 아들과 딸의 모습을 보며, 영화를 보는 내내 감동이 밀려왔다.

영화는 우리 모두의 삶과 별반 다를 게 없는 이야기로 전개된다. 감독은 이 영화를 통해 소중한 가족이지만 표현하지 않으면 상대방을 알 방법이 없다는 것을 알려준다. 서로에게 표현도 하고 때로는 대화로 서로의 마음을 보듬어 주어야 한다는 걸 깨닫게 해 준다. 뮤지컬 영화이다 보니 신나기도 하고 애틋한 우리의 나날 같아서 눈물도 났다. 아프면서도 늦었지만 나

우리 집은 날마다 조금씩 행복해진다

를 찾아 나서는 주인공의 모습이 짠했다.

영화 중간에 삽입되는 음악이 영화를 더욱 빛내 주었다. 특히 이문세의 〈알 수 없는 인생〉이라는 노래. 예전에도 좋아했지만 영화 속에 삽입되니 가사가 하나하나 더 마음에 와닿았다.

"언제쯤 사랑을 다 알까요.

시간을 되돌릴 순 없나요.

조금만 늦춰 줄 순 없나요."

우리는 평생을 살 것처럼 살아간다. 눈만 뜨면 '바쁘다.'를 입버릇처럼 한다. 경쟁 사회에서 살아가려니 어쩔 수 없지만 한 템포만 늦추고 살아갔으면 싶다. 언젠가 누구나 영원한 외출을 한다. 그 어떤 사람도 마지막 가는 길을 피할 수 없다. 자기만의 쉼을 가지기도 하고 내면을 들여다볼 수 있는 여유를 가지고 살았으면 좋겠다.

살아가면서 정말 사랑을 다 아는 날이 올까? 세상을 다 아는 날이 올까? 끝까지 묻고 질문하다가 끝내 답을 못 찾고 떠나는 게 우리의 삶 아닐까? 그래도 살아 있는 동안은 최선을 다하고 내일이 안 올 것처럼 살아가야 한다.

그중에서 인생에 가장 소중한 사람들인 가족에게 잘해야 한다. '가정이란 울타리 안에서 조금만 더 배려한다면 좀 더 평화로운 가정이 많아질 텐데.'라고 생각한다.

사랑은 저축하지 말고 그때그때 다 꺼내어서 표현하는 거라고 했다. 가족 간의 사랑은 어떤 것과도 비교할 수 없을 만큼 소중하고도 귀한 것이다. 그래서 더욱 사랑을 표현해야 한다.

바쁜 날들이지만 시간을 내어 가족들과 대화하는 시간을 많이 가져야겠다. 그래야 서로의 속마음이나 개개인의 생활을 이해할 수 있으니 말이다. 영화를 보는 내내 우리 가족이 생각나서 가슴이 따뜻해졌다.

우리 집은 날마다 조금씩 행복해진다

3

가
족
이
라
는

울
타
리

1인 가구가 갈수록 늘어나고 있다는 신문 기사를 봤다. 1인 가구가 천만 시대를 살아가고 있다고 한다. 팍팍한 세상 살기 어렵다고 해서 결혼을 포기하는 젊은 세대가 많다. 그러나 가족이 있어야 한다. 내 편이 있어야 든든한 버팀목이 된다. 몸도 마음도 지쳐 있을 때 가족만큼 큰 힘이 되는 게 또 있을까?

부모님이 살아계실 땐 크게 못 느꼈던 가족의 소중함을 부모님이 안 계신 지금은 많이 깨닫는다. 내 편이 없었으면 얼마나 허전했을까 싶다. 명절이 되면 부모님이 계실 땐 아무리 밤늦은 시간이라도, 차가 아무리 밀려도 고향을 가곤 했다. 지금은 군이 힘들게 고향을 가려고 애쓰지 않는다. 물론 내 자식이 타지에 가 있다가 내려오기도 하지만 마음 자체가 많이 바뀌어 있다. 양가 부모님 다 안 계시고 제사도 없으니 명절이 유난히 허전하다.

부부는 서로 다른 환경에서 30년이란 세월을 살아온 사람끼리 만나 가족을 이루며 살아가는 존재다. 각자의 기질대로 살아왔지만 둘이 함께 살아가는 동안은 많은 것을 서로에게 양보하면서 맞춰 살아야 한다. 알콩달콩 신혼 시절도 잠깐이다. 아무것도 모른 채 엄마와 아빠가 되는 시간은 임신하면서부터 시작된다.

부모가 되면 모든 상황이 아이에게 맞춰진다. 내가 좋아했던 것, 하고 싶었던 것도 다 접으면서 말이다. 엄마 아빠는 처음이라 서툴기 짝이 없다.

첫아이가 태어났을 때의 기쁨은 세상을 다 가진 듯 행복했다. 힘들어도 아이의 자라는 모습 하나하나에 의미가 부여되어 힘을 얻곤 했다. 아이는 힘든 일이 있어도 견뎌낼 이유가 됐다. 아이가 처음으로 "엄마"라고 부르던 그 순간은 지금 생각해도 가슴 벅차다. 또 아이가 아장아장 걷기 시작할 때

우리 집은 날마다 조금씩 행복해진다

쯤엔 그 어떤 것도 부럽지 않은 시간을 보낼 수 있었다. 물론 힘든 것도 많았다. 많은 시간을 희생해야 했고 몸과 마음이 힘들었다. 하지만 아이가 성장해 가고 어른이 되어 가는 걸 보면 그것만큼 뿌듯한 일도 없다. 아이들에게 쏟아부었던 시간과 정성이 모두 나에게 고스란히 남는다.

아이들이 장성한 후에 나를 위한 시간을 가져도 충분하다. 하고 싶었던 공부를 하거나 취미 생활을 해도 괜찮다. 아이들에게 쏟았던 정성만큼 열정적으로 배우고 노력하면 분명히 좋은 결과물이 있을 거라 믿는다.

가족이라는 울타리는 망망대해에 솟은 등대와도 같은 존재다. 아무리 거센 파도와 어둠이 밀려와도 반짝이는 등대의 불빛이 보이는 순간은 희망의 불빛이 된다. 힘겹고 고통스러운 일들이 있어도 가족의 힘이 얼마나 강한지, 가족이 오늘을 살게 하는 힘이 되어준다.

젊을 땐 가족의 소중함을 잘 모른다. 젊고 건강할 땐 결혼할 생각도 굳이 들지 않는다. 그런데 주변에 결혼 안 했던 친구들이 한결같이 똑같은 말을 한다.

"혼자 살아 보니 외롭고 아플 땐 정말 적적하다."

나이가 들면서 가족의 필요성을 뒤늦게 느끼는 듯하다.

팔 남매 중 혼자 살아온 남동생도 건강을 잘 챙기지 못했다. 2년 전 폐암

4기에 뇌종양이 오더니 좋아지다 나빠지기를 반복한다. 암 환자들은 먹는 것을 못 먹어서 영양실조로 죽는다는 말이 맞다. 항암만 하고 오면 거의 실신 상태다. 며칠은 무조건 힘들어한다. 시간이 지나니까 몸에 면역이 너무 떨어지니 사경을 헤맬 정도로 병세가 악화됐다.

아무리 형제들이 병원에 들락거려도 아내나 아이들이 없으니 외로워 보인다. 그래서 동생이 더욱 안타깝다. 외로움이라는 감정은 담배 15개비 피우는 만큼 안 좋다고 하니 상상이 간다. 사람은 그저 어울려 살아야 한다.

결혼을 기피하는 젊은 세대들이 결혼을 긍정적으로 생각하면 좋을 것 같다. 그때는 잘 모르겠지만 한 살이라도 어릴 때 가족이 얼마나 소중한지를 깨달았으면 한다. 가족이란 울타리를 만들고 그 속에서 행복과 기쁨을 누리는 사람들이 더 많았으면 좋겠다.

길거리에 작은 꽃들도 그렇다. 한 송이씩 핀 것도 예쁘지만 한곳에 어울려 흐드러지게 핀 모습을 보면 더 풍성하고 아름다워 보인다. 사람도 어울려 함께 살아갈 때 더 많은 에너지가 샘솟는 법이다. 어떠한 상황에서도 내 편이 있어야 한다는 것을 새삼 느끼는 요즘이다.

우리 집은 날마다 조금씩 행복해진다

지난번 석가탄신일은 일요일이었다. 대체공휴일이 끼어서 3일 연휴가 되었다. 3일 내내 비가 내리더니 월요일엔 비가 약간 소강상태였다. 새벽에 주방 창문으로 보이는 이른 봄 삼한 초록길이 유독 예뻐 보였다. 삼한 초록 길은 비행장 근처에 있다. 그곳에 가서 산책하면 좋을 것 같아서 출근하는 남편에게 유채꽃이 만발한 비행장까지만 태워 달라고 했다.

　비행장에서 내려 천천히 산책했다. 물기 머금은 노란 유채꽃이 얼마나 예쁘던지, 비록 흐린 날씨고 이슬비 같은 비가 내리긴 해도 기분은 상쾌하다. 비행장을 조금 돌다가 다시 의림지 쪽으로 발길을 돌렸다. 비가 오니 산책하시는 분들도 많지 않았다. 우산 쓰고 산책하는 일이 얼마나 운치가 있는지 안 해본 사람은 모른다. 한 주 동안 쌓였던 스트레스도 다 날려 보낼 수 있어서 좋다.

이른 봄꽃 잔디를 시작으로 마치 바통 이어받기 달리기라도 하듯이 앞다투어 꽃이 핀다. 노란 개나리, 분홍빛 꽃잔디, 하얀 조팝꽃, 보랏빛 라일락, 빨간 장미, 모든 꽃이 가던 발걸음을 멈추게 한다. 자연과 함께 호흡하면서 마음과 몸을 정화한다는 게 얼마나 삶에 활력이 되는지 모른다. 봄은 봄대로 꽃이 있어서 좋고, 여름은 여름대로 푸르름이 짙어서 마음을 더욱 풍요롭게 한다. 무성해지는 들판에 자라나는 벼들을 바라보면 일렁이는 벼들이 마치 파도가 밀려오는 듯한 느낌이다. 한여름 밤엔 개구리들의 울음소리가 마치 고향 집 들판에 나와 있는 듯한 착각이 들게도 한다. 가을엔 황금 들판이 풍요로움을 선물하고 봄내 피었던 꽃들의 열매가 형형색색이다. 꽃들도 예쁘지만 열매는 더 탐스럽고 예쁘다. 겨울은 겨울대로 쉼을 보여준다. 텅 빈 들판을 보고 있으면 황량하기도 하지만 여유로움도 느껴진다. 하얀 눈이 내려서 모든 것을 뒤덮으면 오히려 포근한 느낌도 든다.

우리의 삶도 사계절과 닮았다. 사람마다 내면에 숨어있던 씨앗들이 언제 어떤 모습으로 보일지는 아무도 모른다. 일찍 모든 게 드러나는 사람이 있는가 하면 더디게 나타나는 사람도 있다. 기다림의 미학이라고나 할까? 특히 아이들을 키우다 보면 아이의 재능이 드러날 때까지 기다리는 일이 얼마나 중요한 일인지를 느끼게 된다. 기다려 주는 부모의 느긋함이 있어야 아이들도 무언가를 할 수 있는 힘을 기를 수 있다. 때늦은 시기에 한 송이씩 피어있는 장미꽃을 보면 더 귀하고 예쁘게 보이기도 한다.

우리 집은 날마다 조금씩 행복해진다

사람은 다 저마다의 때가 다른 것 같다.

산책하다 보면 부모의 태도를 생각해 볼 수 있는 시간을 갖게 된다. 자식이 모든 걸 잘할 거라고 무리하게 사교육을 시키는 부모님들을 보면 안타깝기도 하다.

천천히 걸으면서 집안일이나 가족에게 생긴 일에 대해 느리게 생각할 여유도 생긴다. 그러면서 때로는 반성을, 때로는 따뜻한 마음을 가지려고 애쓴다.

체력을 단련시키는 가장 기본적인 운동도 산책임을 느낀다. 나는 오늘도 짬만 나면 걸으면서 산책의 기쁨을 느끼는 중이다. 나이 드니 무릎도 아프고 다리나 발도 살짝 아프다. 우리 몸의 오장육부가 다 담겨 있다는 발의 소중함도 다시 한번 깨달아 본다.

하루를 열심히 살고 잘 버텨준 발에 오늘은 로션이라도 듬뿍 발라줘야겠다. 수고했다고 어루만져주면서 주변 모두에게 산책의 기쁨과 소중함을 일깨워 주고 싶다. 여건이 닿으면 산책 챌린지라도 한번 해 봐야겠다.

〜〜〜 우리 집은 날마다 조금씩 행복해진다

내
꿈은

할
머
니
마
라
토
너

"달리기는 인생에 대한 가장 위대한 비유이다. 당신이 달리기에 쏟아붓는 것

을 결국 다 돌려받기 때문이다."

오프라 윈프리의 말이다.

우리 인생은 긴 여정의 달리기다. 힘들다고 접을 수도 없고 다시 돌아갈

수도 없다. 연습 없이 사는 것이 인생이지만 시작했으면 어떤 모습으로든

끝까지 해야 한다. 내가 공을 들이고, 연습하는 만큼 결과는 만들어진다.

물론 가다가 쉴 수도 있고 먼 길을 돌아갈 수는 있다. 하지만 끝까지 살아

내고 버텨야 하는 건 모두의 의무이다. 살아가는 것도 각자의 취향대로 각

자의 스타일대로 살아야 한다. 누구를 닮을 필요도 없고, 닮고 싶어 애쓸

필요도 없다.

누구나 각자 좋아하는 운동이 있고 건강을 위해서 습관처럼 하는 운동이 있다. 나 역시 산책을 좋아하고 마라톤도 내 체력만큼 즐기는 편이다.

마라톤을 하려면 무릎이 살짝 아프고 다리도 조금씩 아파지는 것을 감당해야 한다. 조금이라도 덜 무리가 되도록 평소에 꾸준히 운동하는 것은 필수다. 그래야 근력도 생기고 아프던 것도 조금씩 완화되게 도와준다. 꾸준히 마라톤하러 다니기 위해선 평소에 운동을 게을리해서는 안 된다.

연세대학교 김주환 교수님은 "서른 살 이후부터는 밥을 먹듯이 운동을 해야 한다고 한다. 하루에 30분 이상씩 걷거나 뛰는 것도 좋다."라고 말했다. 나는 자주 맨발 걷기를 한다. 처음에는 몇 발짝 걷는 것도 아프고 어색해서 잠깐 가는 길도 힘들었다. 지금은 자주 하니까 맨발 달리기도 할 수 있을 정도다.

처음 일을 시작했을 때 허리와 무릎이 자주 아팠다. 물리치료 받고 약을 먹어도 쉽게 좋아지지 않았다. 도수 치료까지 해봐도 큰 효과는 없었다. 그런데 옆에서 보던 언니가 "내 몸은 내가 풀어야지. 병원에만 너무 의존하는 거 아니니?"라고 말하는 것이 아닌가?

언니의 말을 듣고 보니 그런 것 같다. 스스로 스트레칭도 하고 운동을 열심히 해야지 좋아진다. 그 생각을 하면서 가까운 곳은 무조건 걸어 다니게 됐다. 하루에 8층까지, 두 번은 계단으로 올라온다. 웬만한 볼일은 걸어 다니는 것도 습관화됐다. 매일 재활용을 같은 시간에 내려다 놓는 일도 규칙적으로 하면 운동에 많은 도움이 된다. 무엇이든 꾸준히 하니까 다리에 힘이 생겼다. 부지런히 더 연습하여 내년에는 마라톤 하프 코스에 한 번 도전해 보고 싶다. 완주를 목표로 걷다가 뛰기를 반복하더라도 완주하고 싶다.

몇 년 전, 충주 마라톤에 갔을 때 어떤 할머니가 일흔 살이 다 되었는데도 열심히 마라톤하러 다니신다고 했다. 무리하지 않고 자기 페이스대로만 달린다면 얼마든지 오래 운동할 수 있다고 한다. 그 할머니께서 요즘 젊은 사람들은 힘들면 금방 포기해 버리는 게 문제라고 했다. 아픔을 조금씩 견뎌내면서 꾸준하게 연습하다 보면 근력이 생긴다고 한다. 나도 그 할머니처럼 일흔이 되어도 전국을 다니며 마라톤을 하고 싶다.

아이들이 점점 커가고 각자의 생활을 하고 보니 함께 마라톤하러 다니기가 쉽지 않다. 이제는 남편과 둘만 마라톤을 다니게 된다. 때로는 짧은 하루 나들이로 행복한 여행이 되기도 한다. 오다가 힘들면 쉬고 근처에 온천이 있다면 들를 때도 있다. 이렇게 마라톤만 다녀도 충분하게 운동도 하고 여행도 하는 셈이다. 돌아오는 길은 늘 행복하다.

오늘도 시원한 밤바람 맞으면서 안동 마라톤 갈 연습을 하러 밖에 나섰다. 이 세상에 연습 없이 잘할 수 있는 게 뭐가 있을까? 나이 들어가면서 느끼는 건 운동만이 살길이라는 것이다. 더 늙고 힘이 없어진 후에도 자식

　　　〰〰〰　　　　　　　　　　　우리 집은 날마다 조금씩 행복해진다

들에게 신경 쓰이지 않게 하려면 노후를 위해 연금을 들듯이 운동 연금도

아끼지 말아야 한다. 건강을 잘 챙겨 오래오래 운동하는 할머니 마라토너

가 되고 싶다.

우리 집은 날마다 조금씩 행복해진다

6

따사로운 햇살이 비치는 주말이었다. 오후쯤 운동 삼아 계단으로 내려가다가 우편함을 보았다. 굿 네이버스에서 온 우편물이 있다. 뭘까? 딸아이 앞으로 온 우편물이었다. 딸아이는 중학교 때부터 용돈을 아껴서 어딘가 기부를 하고 있었다. 시키지도 않았고 그렇다고 용돈을 넉넉하게 주지도 않았다. 우편함에 놓인 기부 쪽지를 보고 알았다. 부모가 베푸는 걸 좋아하면 아이들도 따라 한다는 것을 말이다.

남편은 한때 나에게 말도 하지 않고 복지관 같은 곳에 쌀을 정기적으로 보내기도 했다. 연말이면 한 부모 가정이나 힘든 가정에 물품이나 돈을 보내기도 한다. 여기저기 보내는 선한 행동은 늘 내 마음을 따뜻하게 한다. 남편은 몇 년째 기부 달리기도 꾸준하게 하고 있다. 1년 동안 달리는 km

수만큼 돈을 적립한다. 어느 정도 돈이 모이면 연말에 노인분들이나 형편이 어려운 이웃에 연탄 기부를 한다. 한 번씩 연탄 배달도 간다. 아들도 함께 가서 연탄을 나르며 몸소 이웃 사랑을 느끼게 했다. 따뜻한 마음들이 한데 모여서 베푸는 마음은 연탄불 온도만큼 뜨겁다.

누군가에게 따뜻한 마음을 내주는 일이 쉬워 보이지만, 결코 쉬운 일은 아니다. 내가 하고 싶은 것, 갖고 싶은 것 다 가지려고 하면 절대로 남에게 그 어떤 것도 쉽게 나눠줄 수가 없다. 무엇이든 나눔을 잘하는 우리 부부의 모습을 아이들이 닮아 가니 뿌듯하다. 딸과 아들이 나눔을 열심히 해서 사회에 조금이라도 보탬이 되고 선한 영향력을 발휘하면 좋겠다.

나는 천성적으로 '나눔'을 좋아한다. 늦둥이가 태어나기 전에는 딸아이 유치원 엄마들이랑 봉사도 부지런히 다녔다. 요양원에 가서 청소를 하고, 장애인 시설 같은 곳에 가서 배식 봉사도 했다. 누군가에게 뭔가를 주고 싶은 마음으로 봉사하는 것만으로도 내 마음이 풍요롭다.

봉사는 마음에서 우러나오지 않으면 쉬운 일이 아니다. 늦둥이를 키우느라 잠시 중단했던 봉사도 조금씩 다시 시작해 보려고 한다. 도서관에서 책 읽어주기나 복지관 같은 곳에서 노인 상담 같은 일도 생각 중이다. 상담 봉사도 제대로 하려면 꾸준한 공부가 필요하다. 상담 공부를 하면서 심리 상담이나 한 부모 가정의 청소년 상담 같은 것을 해봐도 좋을 듯싶다.

　　　　　　　　　　우리 집은 날마다 조금씩 행복해진다

경희대학교 경영학과의 이동규 교수님은 "사랑은 저축하지 않고 더 늦기 전에 꽃을 보내는 것이다."라고 말했다. 어쩜 그렇게 사랑의 의미를 잘 표현했는지 공감이 간다.

사랑은 생각만으로는 안 된다. 바로바로 표현해야 한다. 누군가는 넉넉하게 있어서 남에게 베풀기도 한다. 하지만 힘든 가운데 누군가에게 나눔을 할 수 있다는 게 얼마나 좋은 일인지 모른다. 사랑은 꾹꾹 참았다가 하는 것이 아니다. 그때그때 표현하면서 살면 그만큼 신나는 일도 없다. 나는 지금도 책 나눔을 참 좋아한다. 내가 읽었던 책이나 읽고 싶은 책을 사서 둔다. 열심히 읽기도 하지만 나눠주는 것도 좋다. 작가들이 쓴 글은 타인에게도 긍정적인 영향을 미친다. 나의 책 나눔이 누군가에겐 삶의 희망이 되었으면 한다.

언젠가 누군가에게 따뜻한 마음의 온도를 만들어 줄 수 있는 좋은 공간을 만들고 싶다. 사랑과 나눔과 배려를 나누고 공감하는 그런 공간. 상상만 해도 웃음이 난다. 반짝반짝 빛나는 별이 되고 싶다. 언제 어디서나 자기만의 향기를 풍기면서 빛을 내는 그런 별 말이다.

누군가를 만났을 때 아픈 마음을 보면 안아주고 싶고 보듬어 주고 싶다. 먼저 손을 내밀고 손을 잡아주고 싶다. 뭐든 나눠주고 싶은 마음은 우리 가족 모두가 닮았다. 각자의 위치에서 열심히 살아가지만 남에게 베푸는 마음도 아끼지 말고 골고루 나누고 싶다. 나의 작은 마음이 퍼져 가족을 넘어 모두에게 사랑 가득하고 축복이 하얀 눈처럼 골고루 나뉘길 기도해 본다.

7

쉬
우
면
서
도

어
려
운
것

그리스 철학자 디오게네스의 명언이 있다.

"사람을 대할 때는 불을 대하듯 하라. 다가갈 때는 타지 않을 정도로. 멀어질

때는 얼지 않을 만큼만."

모든 인간관계엔 적당한 거리가 필요하다. 우리는 눈을 뜨고 하루를 시
작함과 동시에 관계를 시작한다. 특히 가족 관계는 떼려야 뗄 수 없는 사이
다. 세상에서 가장 가까우면서도 먼 사이. 그래서 덜 조심하게 된다. 좋을
땐 한없이 좋다가도 작은 일이라도 불만이 생기면 사사건건 간섭하고 가족
이니까 막말도 쉽게 하게 된다. 이게 아닌데 하면서도 말 한마디도 더 많이
생각 안 하고 툭 내뱉게 된다.

같은 공간 안에서 지내는 시간이 많아질수록 작은 잘못도 크게 느껴지고 별것 아닌 일에도 예민해진다. 남한테는 서로에게 상처 줄까 봐 싫은 소리 안 하려고 애쓰고 좋은 말만 골라서 하는데 말이다. 때로는 가족을 남처럼 생각하면서 조심하고 더 따뜻하게 대해주는 것이 좋다.

하지만 뭐든 '적당히'가 가장 어렵다. 말이 쉽지, 거리를 적당히 유지한다는 게 어디 쉬운 일이던가? 사소한 일로 서로에게 상처 주고 상처를 받는다. 마음이 가벼워 풍선처럼 붕 떠 있는 날은 모든 게 용서가 되는 것 같다. 그렇지 않은 날은 별일 아닌데도 예민하게 굴게 된다.

고슴도치들이 추우면 서로 엉켜서 부둥켜안지만 따뜻한 건 잠시뿐이다. 가시에 찔려서 서로에게 상처가 되어 또다시 떨어진다. 그것의 반복이 그들의 일상이라고 한다. 우리의 가족도 별반 다를 게 없다. 몇 년 전 코로나 때문에 재택근무가 많아지고 원격 수업이 한창이던 때만 해도 가족 간에 의견이 서로 맞지 않아서 힘들어하는 경우가 많았다고 한다. 반대로 함께할 시간이 많아 오손도손 가까워진 가족도 있었다고 한다. 이렇게 가족은 부둥켜안았다가, 상처받으면 떨어졌다 하는 관계다.

가족 관계에서 상처보다 사랑이 많아지려면 각자 가진 것을 나누어야 한다. 이기적인 생각이 앞서면 화합을 할 수 없다. '나눔'이라고 해서 큰 것이 아니다. 누구나 타인에게 나눌 것이 있다. 고 정채봉 작가님의 시집 『너를 생각하는 것이 나의 일생이었지』를 보면, 아무리 보잘것없는 사물조차 자기가 가진 것을 나누고 있다는 걸 알려준다. 그의 시집을 보면 "방이 건조해서 물에 적셔 널어놓은 수건이 밤사이에 바짝 말랐다. 저 하잘것없는 수건조차도 자기 가진 물기를 저렇게 아낌없이 주고 있는데."라는 구절이 나온다. 수건조차 자신의 쓸모를 다해 나눠주는데 사람이라면 더 줄 것이 많다. 가족 관계라면 더 그렇다. 아낌없이 주는 마음이 있으면 가족 관계도 삐걱거리지 않을 것이다. 서로 조금씩만 양보하면 세상 누구보다 끈끈한 가족 관계일 수 있는 것을 마음으로는 안다. 그러나 실천이 쉽지 않다.

지난봄, 미루던 친정 식구끼리의 여행을 다녀왔다. 아픈 남동생이 제주도 여행을 한번 가보고 싶다는 것이 소원이라 했다. 형부들이고 올케고 모두 빼고 오롯이 팔 남매만 큰마음 먹고 2박 3일간의 일정으로 떠났다. 팔 남매가 함께 시간 맞춰서 간다는 게 어디 쉬운 일이었을까? 그래도 우리 팔 남매는 각자 스케줄을 비우고 시간을 맞췄다. 지금이 아니면 다시는 이런 기회가 오지 않을 것 같았다. 아픈 동생을 위한 배려였다.

비 오는 한림 식물원에서도, 바람이 엄청나게 부는 마라도와 가파도에서도 좌충우돌 울고 웃고 사연을 많이 겪었다. 짧은 시간이었지만 친정 가족 여행을 통해 돈독한 가족애를 느낄 수 있었다. 우리 남매는 여행 내내 사랑과 격려의 말로 동생을 위로했다. 지금 생각해도 마음이 따뜻해진다.

가족은 서로 예쁜 말만 하고 칭찬만 하고 살았으면 좋겠다. 지적하는 말

〰〰〰 우리 집은 날마다 조금씩 행복해진다

이나 채찍보다는 칭찬과 격려를 자주 하면서 가족 관계를 이어 나갔으면 한다. 작은 것에도 고맙다고 표현을 해주면 가족이 화목하다.

요즘처럼 바쁜 시대에는 가족끼리 한자리에 앉아 식사 한 번 하는 것도 쉽지 않다. 대화하는 시간 만들기도 만만치 않다. 그래도 시간을 내어 자주 식사하는 자리를 만들어야 한다. 그래야 끈끈한 정이 생긴다. 서로 둘러앉아 하하 호호 활짝 웃는 가족이 되기를 바란다. 함께하며 가족 간의 사랑을 느꼈으면 좋겠다.

우리 집은 날마다 조금씩 행복해진다

8

자
식
을 키
울
땐

염
려
보
다 염
원
을

딸아이가 벌써 서른이 넘었다. 초보 엄마 시절엔 늘 서툴렀다. 염려도 많이 했고 잔소리도 심했다. 알아서 척척 잘 해내는 아이였지만 혹시나 하는 엄마의 마음으로 예민했다.

딸이 중2 때 호주 어학연수에 간다고 했다. 그렇게 딸이 떠난다고 하자 난 말리고 싶었다. 반대로 남편은 많은 경험이 더 큰 공부라고 과감하게 신청해 주었다. 남편의 뜻을 따르긴 했지만 보내 놓고는 걱정이 많았다. 밤새 잠도 못 자고 뒤척였다. 호주 간 다음 날 아침 7시 되니까 벌써 기차 타고 다른 장소로 이동한다고 전화가 왔다. 아이들은 생각보다 훨씬 잘할 수 있는데 엄마의 마음은 그렇지 못하다.

딸은 매사 야무지고 똑 부러졌다. 덕분에 여태껏 큰 신경 안 쓰며 살고 있다. 서울로 대학을 가고 거기서 직장 생활을 하니 집 떠난 지도 10년이다. 그래도 서울 생활이 힘들 것 같은 생각에 걱정을 많이 하는 편이다. 아들은 딸보다 확실히 마음을 많이 비우고 키웠다. 공부도 좋지만 좋은 경험을 많이 하게 하고 있다. 특히 여행을 많이 보내주려고 애쓴다. 기회만 있으면 친구들과 캠핑도 보내고 있다. 청소년 위원회나 다른 어떤 여건이 주어지면 활동을 많이 해 보라고 권유도 한다.

한번은 고등학생인 아들이 혼자서 서울에 간다고 했다. 일본 가수 레드 윔프스 내한 공연 콘서트를 가고 싶다고 해서 누나가 표를 예매해 주었다 한다. 혼자 가는 게 걱정이 되는데 아들은 벌써 신났다. 끝나고 늦으면 누나한테 가서 자고 오겠다고 한다. 다음 날은 미술 수업까지 듣고 오겠단다. 아직도 학생이라 그런지 혼자 먼 길 가는 것도 신경 쓰였고, 또 누나네 집에 머물고 온다는 말에는, 누나가 본인 살기도 바쁜데 동생까지 챙기느라 힘들지 않을지 신경이 쓰였다.

엄마인 나의 걱정은 끝이 없다. 옆에서 보고 있던 남편은 사서 고생한다고 제발 내려놓으라고 성화다. 딸도 자기 나름대로 잘 알아서 하는데 내가 지나치게 걱정하니 한 소리 한다. 생각해 보니 자식을 독립시키는 것도 맞지만 부모가 먼저 자식을 내려놓아야 하는 것임을 느낀다.

"엄마 걱정 마시고 이젠 엄마도 엄마 인생 즐기시고, 여행도 좀 다니세요."
"동생도 고2면 알아서 잘하니까 엄마 건강이나 챙기세요."

딸의 말을 듣고 나니, 이젠 나도 마음을 내려놓고 염려보다는 염원을 해야겠다는 생각이 든다. 그냥 두어도 척척 잘하는 아이들이다. 내가 할 일은 뒤에서 큰 박수로 응원하는 일이다. 돌아보니 이렇게 스스로 잘 커 줘서 감사할 따름이다. 아들이 서울로 나들이를 한 후, 나는 오랜만에 봄꽃 구경을 나왔다. 봄꽃들이 축제라도 하듯이 줄줄이 피었다. 흐드러지게 피었던 벚꽃잎이 흩날릴 무렵이었는데 그 옆으로 철쭉이 만발했다. 아카시아와 장미까지 어우러져 어딜 가나 축제 분위기다.

봄꽃을 보며 생각한다. '아픔을 이겨내고, 아이들을 이만큼 키워내느라, 그동안 애썼다.' 아이들도 이젠 제 갈 길 잘 찾아가고 있으니, 이젠 날마다 나를 돌보며 축제하듯 살아 보자. 어릴 때 소풍 가기 전날 설레던 마음처럼.

우리 집은 날마다 조금씩 행복해진다

9

행복에 대해 내가 하고 싶은 말

여유로운 주말이었다. 신문을 뒤적이고 있는데 사무실에서 함께 일하는 부장님이 전화하셨다. 짬짬이 농사를 지어서 얼갈이배추를 뽑았다고 갖다 준단다. 산책도 하고 평일에 못 만났던 친구도 만나고 싶어서 거절하고 싶었다. 하지만 더 생각해 보니 그 마음이 예뻐 감사하게 받겠다고 했다. 급한 볼일이 있어서 잠깐 외출했다 돌아오니 집 앞에 커다란 비닐봉지 속에 배추가 한가득이었다. 요즘 비가 자주 와서 야들야들한 배추가 예쁘게 자랐다. 생각보다 양이 많아서 앞집에 할머니 댁도 조금 드리고, 형님도 언니도 이리저리 나누어 줬다. 여기저기 인심을 베풀다 보니 딱 한 번 김치 담그면 될 만큼의 양이 남았다.

풀을 쑤어서 물김치도 조금 담그고 얼갈이랑 부추 섞어서 김치도 담갔다. 바쁘다는 핑계도 있고 남편이 신김치만 좋아하다 보니 자주 김치를 담그진 않는다. 김장 말고 김치 담그는 게 얼마 만인가? 열심히 양념을 넣고 버무려서 맛을 보니 감칠맛이 나긴 한데 조금 짜다.

"조금 짜면 어때. 조금씩 먹으면 되지!"

혼잣말로 중얼거리다 보니 문득 우리의 삶도 김치 담그기와 비슷하다는 생각이 스친다. 김치가 양념이 잘 배서 맛이 있을 때도 있고 짜거나 싱거울 때도 있다. 매번 담는 김치지만 맛이 다르다. 그런 것이 꼭 우리 인생 같다. 힘들면 힘든 대로, 행복하면 행복한 대로 그냥 살아가면 된다.

법륜 스님이 강연에서 늘 강조하는 것도 이와 유사하다.
"그냥 살면 살아지는 게 인생인데 자꾸 의미를 부여하려니까 삶이 힘들어진다."

스님의 말씀처럼 그냥 사는 것이 인생이다. 늘 재미있고 행복한 일만 있다면 그 어떤 성취감도 없다. 때로는 죽을 만큼 힘들어도 살아내는 게 인생이다. 잔뜩 흐리다가도 구름이 걷히고 나면 태양이 눈 부시다. 아무리 태풍이 불어도 멈추는 순간이 있다.

김치를 담그고 가족 단톡방에 들어가 보니 큰 언니랑 둘째 언니가 서로 톡을 주고받고 있었다. 큰언니는 사돈댁에 산딸기 따러 갔다고 하면서 딸기 한 바구니 가득 딴 사진을 올려놓았다. 그러면서 아침마다 걷고 오다가 오디와 산딸기를 따 먹는다고 했다. 이웃집 밭에서 우엉잎, 상추, 쑥갓, 파를 나눠 먹으면서 정겹게 산다고 한다. 그랬더니 둘째 언니가 큰 언니보고 "언니가 제일 행복해 보이네."라고 말한다. 큰 언니는 둘째 언니한테 "남편이랑 파크 골프 다니는 모습이 더 행복해 보인다."라고 한다.

두 분의 대화를 보며, 각자의 안경을 쓰고 남의 행복을 바라보고 있다는 생각이 들었다. '남의 떡이 더 커 보인다.'라는 속담도 있지 않은가? 남들은 다 행복한 모습으로 살아가는 것 같지만 절대 그렇지 않다고 생각한다. 두 분의 대화에 나는 "건강하게 살면서, 서로 어울리며 주어진 삶을 살면 그것이 가장 행복해 보인다."라고 메시지를 남겼다. 건강을 크게 잃어 본 나는 소소한 일상을 누릴 수 있는 것이 얼마나 큰 복인지 잘 알고 있다. 가족이나 이웃들과 큰 탈 없이 오순도순 살 수 있는 삶 자체가 행복이다.

이종선 작가님이 하신 말씀이 있다.
"삶은 리본에 묶여서 오지는 않지만, 그래도 여전히 선물이다!"

마음 깊이 공감되는 말이다.
매일 새로이 펼쳐지는 날이 귀한 선물이다.
귀한 선물을 아끼며 사랑하고 알차게 보내야 한다.

사람들 모두의 마음속에 행복 나무 한 그루 심어두고 물주고 가꿔 나가면 누구나 행복해지지 않을까? 배려와 감사나무도 한그루씩 심어서 마음 밭을 잘 가꾸고 다스리면 좋겠다. 감사할 줄을 알면 행복이 배가 된다. 행복에 대한 좋은 말들은 수없이 많다. 그런 명언들을 따라 하는 것보다, 본인이 행복해지려고 노력하고 자족할 줄을 알아야 행복한 삶이다. 지금 이 순간 주변을 둘러보면서 행복한 생각들을 하나씩 떠올리면 세상에서 제일 행복한 사람이 될 수 있다. 파란 하늘을 올려다볼 수 있고 건강하게 걸을 수 있고 소중한 가족이 있다는 것만으로도 충분히 행복한 삶이다.

우리 집은 날마다 조금씩 행복해진다

주방 창문으로 바라보이는 넓은 들판을 보고 있는데 비가 하염없이 내립니다. 나뭇잎이 비에 젖어 무거워 보이는데도 흔들리는 모습이 어쩐지 우리네 인생과 닮았다는 생각이 듭니다. 우리의 일상도 흔들리지 않는 날이 1년에 몇 번이나 될까요?

저 멀리 바람이 나부끼는 대로, 비를 맞으면 맞는 대로 묵묵히 서 있는 나무가 보입니다. 오늘따라 더 위대해 보입니다. 법륜 스님은 "삶에 너무 의미를 부여하지 않고 살아도 된다."라고 말합니다. 60년 세월을 살아오니, 그의 말이 맞다는 걸 느낍니다. 건강하게 잘 버티면서 하루하루 잘 살아내기만 해도 성공한 삶입니다.

우리 집은 날마다 조금씩 행복해진다

사람은 나이 들어서 추억을 먹고 산다고 합니다. 살다 보면 햇살 좋은 날도 있고 소나기 쏟아지는 날도 있었습니다. 지금 떠올려 보니 아픈 날도 기쁜 날도 모두 추억이 되었습니다. 살다 보면 잠시 소나기를 맞을 때도 있을 겁니다. 조급해하지 말고, 비를 피해 느긋하게 쉬었다 가도 늦지 않습니다.

잠시 물러나는 법을 배우며 천천히 인생길을 가다 보니, 때로는 마음 내려놓고 한 번쯤 뒤돌아보는 여유도 생겼습니다. 모든 일이 욕심대로 되지 않는다는 것도 깨달았습니다. 욕심부리지 않고 차근차근 살아가는 삶을 지향하게 되었습니다.

아프지 않고 나답게 잘 살아가기만 해도 우리 삶은 충분히 빛납니다. 길을 걷다가 예쁜 꽃이나 풍경의 아름다움을 눈에 담는 것만으로도 세상이 다르게 보일 수 있습니다. 일출을 보며 또 다른 희망을 찾을 수도 있고, 소담스러운 꽃들을 보면서 푸근한 사랑을 배울 기회가 생기기도 합니다.

이제까지 저는 남을 배려하고 남을 챙겨주느라 나를 잘 돌보지 못했던 것 같습니다. 지금이라도 나를 돌보고 나를 사랑할 줄 하는 삶을 살고 싶습니다. 건강이 1순위라는 것도 깨달으면서 오늘도 무심히 산책하면서 하루를 시작해 봅니다.

독자분들도 겉으로 남에게 보이는 행복 말고, 나 자신이 진심으로, 마음

에필로그 〰〰〰〰〰〰 215

으로 느끼는 그런 행복한 삶을 사시길 바랍니다. 마지막으로 부족한 글이

지만 세상에 빛을 볼 수 있게 도와주신 모든 분께 감사드립니다.

　～～～　우리 집은 날마다 조금씩 행복해진다